新古今和歌集巻第一

春哥上

はるたつ心をよみ侍りける

摂政太政大臣

みよしのは山もかすみてしら雪の
ふりにし里に春はきにけり

百首哥たてまつりし時春の哥

監修者――加藤友康／五味文彦／鈴木淳／高埜利彦

［カバー表写真］
『拾遺愚草』
（藤原定家筆）

［カバー裏写真］
藤原定家
（伝藤原信実筆）

［扉写真］
『新古今和歌集』
（隠岐本）

日本史リブレット人030

藤原定家
芸術家の誕生

Gomi Fumihiko
五味文彦

目次

歌人の日記から

歌人の藤原定家（一一六二〜一二四一）については、よまれた和歌のみならず、日記『明月記《めいげつき》』▲をはじめとする史料が多数残されており、その多くが冷泉時雨亭《れいぜいしぐれてい》叢書として影印本や刊行本の形で公刊されているなど、きわめて研究環境が整っている。しかしその史料の読解をはじめ、和歌が難解であることが研究をむずかしくさせている。

とくに難解なのが『明月記』で、当時の多くの日記とは違い、あまりよく整理されていない。日記の付け方が他と違うのは、定家の家が「日記の家」と呼ばれるような、家記《かき》（代々の日記）を通じて公事《くじ》に関する情報を蓄積していた家ではなく、政治的な要職にもめぐまれていなかったからである。

▼**『明月記』**　歌人藤原定家の日記。鎌倉《かまくら》前期の朝廷《ちょうてい》政治・文化の基本史料。途中欠ける箇所も多いが、定家の思いがつまった内容や、紙背文書《しはいもんじょ》の存在など、社会思想のうえでも貴重。

そのため、定家は『明月記』のなかにみずからが体験し、収集した知識を書き残し、自身あるいは子孫に伝えることを思っていた。子の為家《ためいえ》▲は文永《ぶんえい》十（一二七三）年七月二十四日の譲状で、所持する『明月記』について「一身のたからとも思候也。子も孫も見んと申も候ハす、うちすて、候へハ」と述べ、自身には大事だが、子孫はどうか、と思いつつ公事に熱心な庶子の冷泉為相《ためすけ》▲に譲っている。

その日記には「治承《じしょう》より仁治《にんじ》に至る」までとあって、治承年間（一一八〇年代）から死去する仁治二（一二四一）年まで書かれていたから、この点もたいへん貴重であり、その一生を探るのにまたとない史料である。ただ『明月記』にばかり頼るのも危険であり、本書では定家の成長に大きな影響をあたえた後鳥羽《ごとば》上《じょう》皇《こう》▲との関係をも通じて探ってゆきたい。

▼**藤原為家**　一一九八〜一二七五。鎌倉中期の歌人。父藤原定家の援助により蔵人頭《くろうどのとう》をへて大納言《だいなごん》までいたる。定家の御子左《みこひだり》家を継承して、後世に和歌の家を伝えた。

▼**冷泉為相**　一二六三〜一三二八。鎌倉後期の歌人。父は為家、母は阿仏尼《あぶつに》。二条《にじょう》・京極《きょうごく》の家に対抗して、冷泉家をたて、鎌倉将軍に仕えて、冷泉家の祖となる。

▼**後鳥羽上皇**　一一八〇〜一二三九。後白河《ごしらかわ》上皇の孫で高倉院《たかくらいん》の皇子。神器《じんぎ》なくして即位し、幕府《ばくふ》に対抗して朝廷政治を再建し、『新古今《しんこきん》和歌集』の撰集を命じて、王朝文化を再興したが、承久《じょうきゅう》の乱《らん》に敗れ、隠岐《おき》に流された。「人もをし人もうらめしあぢきなく　世を思ふゆゑに物思ふ身は」（「百人一首」。以下同）。

①——初学の時期——歌人・定家の出発

紅旗・征戎、吾が事に非ず

定家は藤原俊成《しゅんぜい》▲と美福門院加賀《びふくもんいんかが》とのあいだに応保《おうほ》二(一一六二)年に生まれ、父の薫陶《くんとう》を受けて成長していった。当初、父は後継者に甥の定長《さだなが》をと考えていたのだが、定家のめざましい成長をみて、歌の家の後継者に考えるようになったものらしい。そのために定長は出家《しゅっけ》して寂蓮《じゃくれん》▲と名乗るが、定家の成長に大きな影響をあたえることになる。

父や寂蓮に見守られながら歌の道をあゆんだ定家が、日記を記すようになったのは、家の継承を考えるうえで重要と思ったからであろう。今に伝わる『明《めい》月記《げっき》』の記事は、治承《じしょう》四(一一八〇)年からで、この年に源平《げんぺい》の争乱が始まるが、その争乱について次のように記している。九月条である。

世上の乱逆・追討耳に満つといへども注《ちゅう》さず、紅旗《こうき》・征戎《せいじゅう》、吾《わ》が事に非《あら》ず、陳勝《ちんしょう》・呉広《ごこう》大沢《だいたく》に起こり、公子扶蘇《ふそ》・項燕《こうえん》と称するのみ。最勝親王《さいしょうしんおう》の命を称し、郡県に徇《とな》ふと云々、或は国司《こくし》に任ずるの由、説々憑《たの》むべからず。

▼**藤原俊成**　一一一四〜一二〇四。平安《へいあん》末期・鎌倉初期の歌人。崇徳《すとく》院に仕えて『久安《きゅうあん》百書』の編纂を手伝い、九条兼実の和歌の師範をへて、『千載和歌集』を編み、御《み》子《こ》左《ひだり》家の歌の家を起こし、定家に継承させた。法名は釈阿《しゃくあ》。「世の中よみちこそなけれ思ひ入る山の奥にも鹿ぞ鳴くなる」。

▼**寂蓮**　一一三九頃〜一二〇二。俊成の弟俊海阿闍梨《しゅんかいあじゃり》の子で、俊成の養子となったが、定家が頭角をあらわしたため、出家し御子左家の隆盛のためにつくす。「村雨《むらさめ》の露もまだ干《ひ》ぬまきの葉に　霧立ちのぼる秋の夕暮れ」。

天皇と皇后・女院略系図

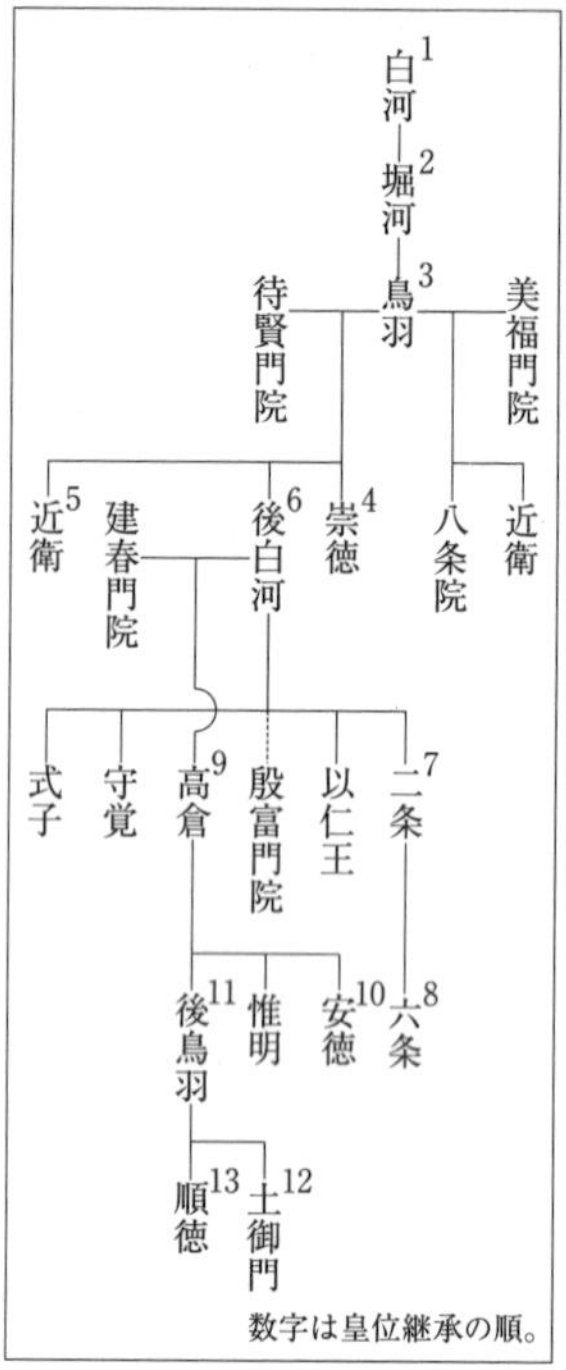

摂関家略系図

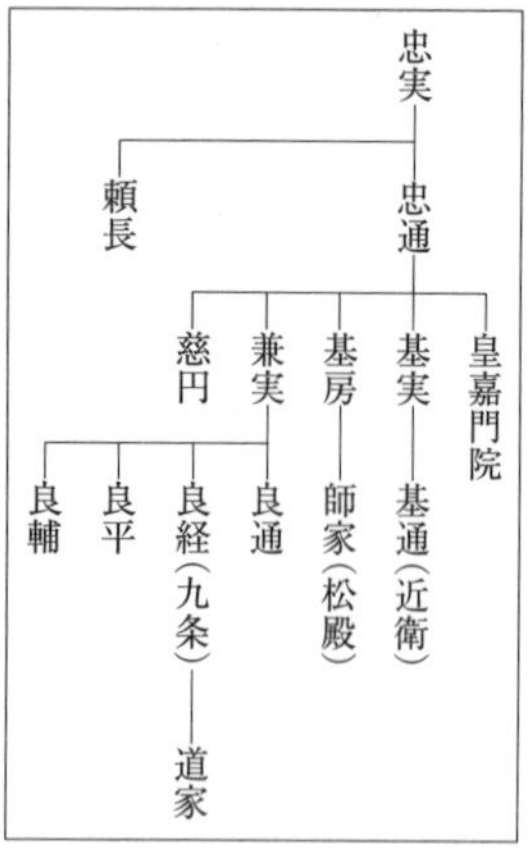

定家関係略系図

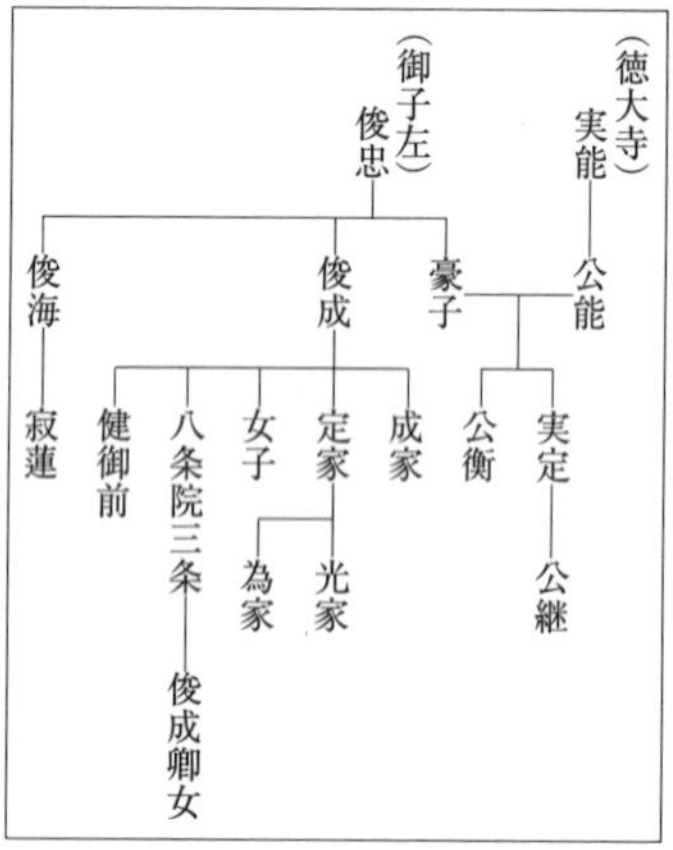

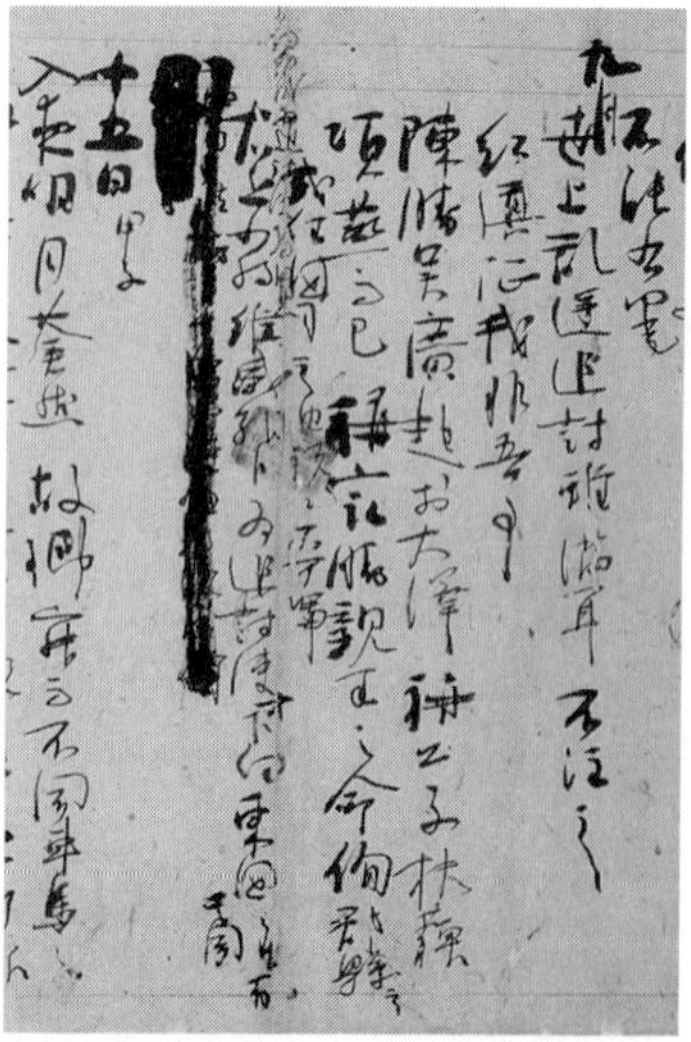

定家自筆「明月記」(治承4年9月)

▼以仁王　一一五〇〜八〇。後白河法皇の第三皇子。源頼政《よりまさ》の勧めで挙兵を決意し、平氏打倒の令旨《りょうじ》を東国《とうごく》の武士にだしたが、挙兵に失敗し、宇治《うじ》で討死した。

▼高倉院　一一六一〜八一。後白河法皇の皇子、母は建春門院《けんしゅんもんいん》、后《きさき》は清盛《きよもり》の娘徳子《とくこ》で、安徳《あんとく》天皇を儲ける。定家がはじめて仕え、殿上人になった。

高倉院（「天子摂関御影」）

世間は反乱とその追討の噂《うわさ》でもちきりだが、それをいちいち記さない。軍旗を靡《なび》かせ敵を討つことは私には関わりのないことだ。（秦《しん》の始皇帝《しこうてい》が死ぬと）陳勝と呉広が大沢で蜂起し、それぞれ（無実の罪で死んだ秦の皇太子）扶蘇と、（秦に滅ぼされた楚《そ》の英雄）項燕の名を騙《かた》ったという。これに似て、最勝親王（を名乗る以《もち》仁王《ひとおう》）▲の命令と称する反乱軍が、地方に充満しており、国司に任命された者もいるというが、どの噂も信用できない。

時に定家は一九歳、若々しくもみずからの立場を昂然《こうぜん》と言い放っているのが印象的で、詩人の出発点ともいうべき宣言といえよう。この七月には後鳥羽《ごとば》上皇《じょうこう》が生まれており、定家・上皇にとって記念すべき年であった。しかし二人のおかれた環境はめぐまれていなかった。上皇の父高倉院《たかくらいん》▲は重病をわずらっており、遷都《せんと》した福原《ふくはら》から帰るや、ほどなくなっている。定家は高倉院に親しく仕えていただけに深い哀傷の念をいだき、周囲を心配させた。

定家が日記を書きはじめた時期は、定家晩年の寛喜《かんぎ》二（一二三〇）年三月十一日条の次の記事が手がかりになる。

夜に入りて北の小屋に宿し、朧月《ろうげつ》に懐旧《かいきゅう》の思ひを催す。治承三年三月十一日、始めて青雲の籍に通じ、遠く朧月の前を歩む。時に十八。寛喜三年三月十一日、猶《なお》頭上の雪を戴《いただ》き、僅《わず》かに路間《ろけん》の月を望む。時に七十。

朧月夜《おぼろつきよ》に懐旧の思いがよぎり、かつて治承三(一一七九)年三月十一日にはじめて高倉天皇の殿上人《てんじょうびと》▲となり、月夜の前を歩いた日のことを思い浮かべたのだが、今は頭に白髪をいただいて月をみている、年は七〇歳、と記している。殿上人となったのを契機に日記を記しはじめたのであろう。

和歌の本格的勉強

今に残る記事はこの時期には断続的で、残されている記事も少ないことや、父が手本となる日記を記さなかったことなどからみて、秘かに期することがあり、日記を付けはじめたのであろう。

治承五(一一八一)年正月の高倉院の死の衝撃をへて、いよいよ定家は和歌に専念してゆくことになった。その四月、よんだのが『初学百首《しょがくひゃくしゅ》』(養和《ようわ》百首)である。当時、和歌の本格的な勉強の第一歩は、決められた題にそって一〇〇首の和歌をよむのが普通であった。その一首をあげておこう。

▼**殿上人**　内裏《だいり》の殿上に伺候する資格の人を内の殿上人、院の殿上の場合を院の殿上人といい、貴族の名誉ある資格であった。

▼**堀河院**　一〇七九〜一一〇七。白河《しらかわ》天皇の皇子で、和歌や管弦に優れ、時の歌人たちに和歌の題をだして百首歌をよませたが、これが前例になって百首歌がよまれるようになった。

▼**藤原隆信**　一一四二〜一二〇五。平安末期・鎌倉初期の歌人。似絵《にせえ》の名手でもあった。芸能に多彩な腕を発揮し、散逸した歴史書『弥世継《いやよつぎ》』の作者。

天の原おもへばかはるいろもなし　秋こそ月の光なりけれ

翌寿永《じゅえい》元(一一八二)年には、堀河院《ほりかわいん》▲が歌人たちに命じて百首歌をよませたときの題に基づく『堀河院題《だい》百首』をよんでいる。父の命によるもので、定家はのちにこれをみて、いずれもとるにたらない、と反省しているが、その一方で、父母が感涙《かんるい》し、将来はこの道に長ずるであろうと、歌人の藤原隆信《たかのぶ》▲や寂蓮に書き送ったことや、父が和歌を教えていた右大臣《うだいじん》の九条兼実《くじょうかねざね》▲からはたたえる手紙が到来したこと、歌人たちも訪れてきて、褒めてくれたことなどを記したのち、「時の人望、これを以《もっ》てはじめとなす」と書きそえている。

歌の出来はともかく、父母をはじめとする歌人たちからの高い評価には満足すべきものであったことがわかる。俊成はわが子の将来に大きな期待をいだいたのであろう。そこで後白河法皇《ごしらかわほうおう》▲に近づいてゆくなか、翌寿永二(一一八三)年には法皇から勅撰《ちょくせん》和歌集の撰集を命じられている。

この年、平家《へいけ》は都落《みやこお》ちし、後鳥羽天皇が神器《じんぎ》なしに皇位に即いたことで定家はその殿上人になっている。そのころの定家の仕事といえば、幼い天皇との遊びであった。のちに定家は、「文治《ぶんじ》の比《ころ》、禁裏御壺《きんりおつぼ》に鶴を飼はれ、近臣を以て

▼**九条兼実**　一一四九〜一二〇七。平安末期・鎌倉初期の政治家。父の藤原忠通《ただみち》から法性寺《ほっしょうじ》殿を譲られ、摂関をめざして研鑽を積み、頼朝の後援をえて摂政となり、九条家を起こした。

九条兼実(「天子摂関御影」)

▼**後白河法皇**　一一二七〜九二。鳥羽院の皇子。譲位して以後五代の天皇にわたり院政《いんせい》を行い、その間に平氏や源氏《げんじ》の武士による武家《ぶけ》政権の成立を認めつつ、朝廷の安泰につくした。

結番《けちばん》せられ、其の事に供奉《ぐぶ》す」と記しており、番《ばん》をくんで天皇の遊びに奉仕していたのである。その際に事件が起きた。

平氏《へいし》が滅亡した文治元(一一八五)年、源頼朝《みなもとのよりとも》▲は弟義経《よしつね》との関係の悪化で、追討の宣旨がだされたことから、大軍を上洛《じょうらく》させた十一月二十五日、豊明《とよあかり》の宴の場において定家が同僚と争って乱暴におよび、殿上を除籍されてしまった。

若者の一時の行動ということからすぐに復帰が許されるものと、父俊成は思っていた。しかしなかなか再昇殿《しょうでん》が許されなかった。頼朝の強い要請によって朝廷は義経追討のみならず、守護《しゅご》・地頭《じとう》▲の設置を認め、さらに政治改革まで行うことになり、摂政《せっしょう》には兼実を就任させるというあわただしい動きが始まったことによる。そこで動いたのが俊成である。次の歌を送って、許してやってほしいと法皇に訴えた。

蘆《あし》たづの雲路《くもじ》まよひし年くれて　霞《かすみ》をさへやへだてはつべき

この訴えがきいて法皇から許しがでると、摂政となった兼実の拝賀の行列に、定家は晴れて殿上人として奉仕して花をそえ、以後、兼実の近くに仕えるようになった。

▼**源頼朝**　一一四七〜九九。平安末期・鎌倉初期の政治家。父義朝《よしとも》が起こした平治《へいじ》の乱《らん》に初陣して伊豆《いず》に流されたが、以仁王の令旨で挙兵し、鎌倉幕府《ばくふ》を樹立した。

▼**守護・地頭**　鎌倉幕府の職制。頼朝は諸国に守護を、荘園公領《しょうえんこうりょう》に地頭をおいて武士の恩賞《おんしょう》にあてるとともに、警察・軍事の遂行にあたらせた。

▼**西行**　一一一八〜九〇。平安末期・鎌倉初期の歌人。俗名佐藤《さとう》義清《のりきよ》。円位とも。若くして遁世《とんせい》し、

西行と『千載和歌集』

源平の争乱とともに伊勢《いせ》に赴いた歌人の西行《さいぎょう》▲も、定家の歌を高く評価した一人であり、大神宮に奉納することを企画した『二見《ふたみ》百首』に載せる歌では、藤原俊成、家隆《いえたか》▲、慈円《じえん》▲、隆信、寂蓮らとならんで定家にも依頼した。定家はそのときによんだ歌を家集『拾遺愚草《しゅういぐそう》』(カバー表写真参照)に「二見浦《ふたみがうら》百首」として載せた、それには「文治二年円位上人勧進《えんいしょうにんかんじん》」とあって、次の歌がその一首、春の歌である。

道たゆる山のかけ橋雪消えて　春のくるにも跡はみえけり

さらに西行は、東大寺《とうだいじ》の大仏《だいぶつ》勧進を依頼されて奥州《おうしゅう》に赴いたあと、帰ってくると、自選歌を選んでそれを番にくんだ歌合《うたあわせ》を作成し、勝負の判《はん》をしかるべき歌人からえて、伊勢の内宮《ないくう》・外宮《げくう》に奉納する企画を立てた。それぞれ三十六番に番《つが》う『御裳濯河《みもすそがわ》歌合』と『宮河《みやがわ》歌合』の二つであるが、前者の内宮に奉納する分の判を藤原俊成に、後者の外宮に奉納する分の判を定家に依頼してきた。

この依頼は折から進められていた勅撰和歌集の撰集を睨んで行われた可能性がある。実際、文治三(一一八七)年に俊成は『千載《せんざい》和歌集』▲の序を記し、翌年四

平泉《ひらいずみ》・高野山《こうやさん》・熊野《くまの》などを旅して、清新な和歌をよみ、源平の争乱に際しては伊勢に居住していた。「歎けとて月やは物を思はする　かこち顔なるわが涙かな」。

▼**藤原家隆**　一一五八～一二三七。鎌倉前期の歌人。猫間《ねこま》中納言藤原光隆《みつたか》の子。和歌を藤原俊成に学び、定家と並び称されるようになる。「風そよぐ楢《なら》の小川の夕暮は　みそぎぞ夏のしるしなりける」。

▼**慈円**　一一五五～一二二五。鎌倉前期の僧・歌人。九条兼実の弟で、天台座主《てんだいざす》となり、九条家や後鳥羽上皇を補佐した。著作に歴史書の『愚管抄《ぐかんしょう》』がある。「おほけなく憂《う》き世の民《よ》におほふかな　我が立つ杣《そま》にすみ染めの袖《そで》」。

▼**『千載和歌集』**　後白河法皇が藤原俊成に寿永《じゅえい》二(一一八三)年に命じて撰ばせた七番目の勅撰和歌集。二〇巻。一二八八首を収載。

月に後白河院の奏覧《そうらん》にいれている。定家はその手助けをして、父の撰集のあり方を学ぶとともに、みずからの和歌の勉学の研鑽《けんさん》に励んだことであろう。

　入道殿、参院せしめ給ふ。勅撰集奏覧のためなり。日ごろ、自筆にて清書す。

と、『明月記』にみえる。このとき、撰者の歌が少ないということから、改めて追加し進めるようにうながされ、結局、俊成の歌が三六首、定家の歌が八首撰ばれた。次の歌は定家入集の一首である。

　しぐれつる真屋《まや》の軒《のき》ばのほどなきに　やがてさし入る月のかげかな

　兼実の九条家では、兼実が一五首、弟の慈円が九首、嫡子良通《よしみち》が四首、良《よし》経《つね》▲が七首など多く入集しているが、これは九条家に気をつかったものである。なかでも嫡子良通が弟の良経より少ないのは、早くになくなった良通にかわって家督に立てられた良経を盛り立てる意図によるのであろう。良経は周囲からのあたたかい眼差しに守られ、漢詩文にすぐれ、摂関《せっかん》の政治の勉強に励み、和歌を定家とともに学んで、大きく成長してゆく。

　西行は一八首あったが、そのなかに「心なき身にもあはれはしられけり　鴫《しぎ》

▼**九条良経**　一一六九～一二〇六。鎌倉初期の政治家・歌人。兼実の次男であったが、兄の早死により九条家を継承し摂関となった。漢詩文にも優れて、新古今時代の後鳥羽上皇を文化的・政治的に補佐した。「きりぎりす鳴くや霜夜《しもよ》のさむしろに　衣《ころも》かたしきひとりかも寝む」。

九条良経（『光琳《こうりん》カルタ百人一首』尾形光琳筆。以下同）

立つ沢の秋の夕暮」の歌がはいっていなかったので、落胆したという話が説話集『今物語《いまものがたり》』▲にみえる。『千載和歌集』編纂時の俊成の西行の歌への評価を記しているのが、『順徳院《じゅんとくいん》御百首』中の「浅みどり霞の衣ふく風に　はつるる糸や玉のを柳」という順徳天皇▲の歌に対する定家の評である。定家は『千載和歌集』の編集に父を手伝っていたときのことを踏まえて、西行の歌に「玉の小柳」という歌語があったとき、それがよいかと聞いたところ、俊成は、珍しい景物や詞を評価しなかったと語っている。

定家の歌の判

定家が判を依頼された『宮河歌合』は、西行はみずからを左の歌の読み人を「玉津島海人《たまつしまあま》」、右の歌を「三輪山老翁《みわやまろうおう》」と名乗っている。歌の神が住む島と山に生きる人という設定で、和歌にかける西行の強い思いがうかがえる。それもあって若い定家を判者《はんじゃ》に選び、期待したのであろう。

しかしその判は、定家にとって簡単なものではなかった。大先達《だいせんだつ》である西行が生涯によんだ歌を選んだものに対し、三〇歳にもなっていない定家が判を行

▼**『今物語』**　歌人藤原隆信の子信実《のぶざね》が著わした和歌を中心とした説話集。信実は定家とは晩年に親交があった。

▼**順徳天皇**　一一九七〜一二四二。後鳥羽上皇の第三皇子。後鳥羽寵愛の修明門院《しゅめいもんいん》に生まれたことから、将来を嘱望され、和歌や管弦に秀で、『禁秘抄《きんぴしょう》』や『八雲抄《やくもしょう》』を著わした。「ももしきや古き軒端《のきば》のしのぶにも　なほあまりある昔なりけり」。

うのには躊躇《ちゅうちょ》もあったろう。そのころの定家は殷富門院大輔《いんぷもんいんのたいふ》▲や徳大寺実定《とくだいじさねさだ》▲の弟公衡《きんひら》らと和歌の交わりをもち、和歌の腕をあげてはいたのであるが。

文治四（一一八八）年には、西行は二つの歌合の巻子《かんす》をもって修行の旅にでかけ、定家にうながしてきた。こうした西行の執心により、ついに定家は判を書きあげた。西行はその定家の判を何度もみて、「おもしろく見候。まことにおもしろく覚え、めづらしき判の御こと葉どものいひやるべくも候はぬ」という感想を記して喜んでいる。

定家は判詞を漢字で記したり、序文ではなく跋文を記すなど、父との違いを意識して判を行っている。西行の反応に気をよくした定家は、さらに勝負をつけた判を完成させると、それを西行に送ったが、そのときにそえた定家の歌をあげる。

> 西行上人、みもすその歌合と申て判すべきよし申ししを、いふかひなくわかかりし時にて、たびたびかへさい申ししを、あながちに申をしふるゆへ侍りしかば、かきつけてつかはすとて
>
> 山水のふかかれとてもかきやらず　きみにちぎりをむすぶばかりぞ

西行法師（『光琳カルタ百人一首』）

▼**殷富門院大輔**　一一三〇頃〜一二〇〇。後白河法皇の皇女で後鳥羽上皇の准母《じゅんぼ》である殷富門院に仕えた女房歌人。「見せばやな雄島《おしま》の海人《あま》の袖だにも　濡《ぬ》れにぞ濡れし色は変はらず」。

▼**徳大寺実定**　一一三九〜九一。平安末期の公卿《くぎょう》・歌人。閑院《かんいん》流の徳大寺家は西行の仕えた家であり、その基礎を確立した公能《きんよし》から家を継承し、歌にも秀でていた。「ほととぎす鳴きつる方《かた》をながむればただ有明《ありあけ》の月ぞ残れる」。

判の完成をみたところ、官位昇進の不遇をかこっていた定家が、三〇日もたたない十一月十三日に少将《しょうしょう》に任じられたという。これを聞いた慈円は、「上人の願念、神慮に叶ふか、とおぼゆる事おほかる中に、これもあらたにこそ」と感心している（『拾玉集《しゅうぎょくしゅう》』▲）。

病の西行は河内《かわち》の弘川寺《ひろかわでら》にいたが、すこぶる喜んで少し病が癒えたので、年末に京にのぼってきた、と伝えてきていたところ、やがて先年によんだ「願はくは花の下にて春死なん　そのきさらぎの望月のころ」の歌のとおり、建久《けんきゅう》元（一一九〇）年二月十六日になくなったという。

いよいよ定家の時代が到来することになったのである。

▼『**拾玉集**』　僧慈円の歌集。天台座主尊円《そんえん》の撰になり、六〇〇〇首にもおよぶ大部の歌集。

後白河院（「天子摂関御影」）

▼**中宮任子**　一一七三〜一二三八。兼実の娘。後鳥羽天皇の中宮となり春華門院《しゅんかもんいん》を産み、宜秋門院《ぎしゅうもんいん》の院号《いんごう》を宣下《せんげ》される。

▼**藤原道長**　九六六〜一〇二七。平安時代中期の政治家。内覧《ないらん》となって政治の実権を握ると、娘たちを天皇の后《きさき》として政界に君臨した。摂関にはならなかったが御堂関白《みどうかんぱく》と称され、摂関政治の栄華時代を築いた。

②―新時代の幕開け

朝廷と幕府

兼実《かねざね》は嫡子良通《よしみち》を文治《ぶんじ》四（一一八八）年二月二十日に失って落胆したものの、慈円《じえん》の支えや後白河法皇《ごしらかわほうおう》の慰めによりあらたな目標に向かって立ちなおった。それは最愛の娘任子《にんし》▲を入内《じゅだい》させるという望みであったが、そのためにまず後鳥《ごと》羽《ば》天皇の元服《げんぷく》が求められ、建久《けんきゅう》元（一一九〇）年正月三日に天皇が元服した。

この任子入内に向けて作成されたのが『中宮《ちゅうぐう》入内屏風《びょうぶ》』である。これは「五尺屏風、書詩、四尺書和歌」といった、藤原道長《みちなが》▲の摂関《せっかん》政治の盛儀を模したものである。その和歌の題には朝廷《ちょうてい》の公事《くじ》にかかわるものが多く、よまれた歌には九条《くじょう》家の繁栄を祈るものが多くなった。

これ以前、慈円が人びとに勧めてなった『早卒露胆《そうそつろたん》百首』に始まって、文治五（一一八九）年十二月には良経《よしつね》・慈円・藤原定家・寂蓮《じゃくれん》による雪《ゆき》十首の歌会が開かれるなど、頻繁に良経を中心とした歌会が開かれた。この慈円・寂蓮・定家らの和歌は、「新儀非拠《しんぎひきょ》の達磨《だるま》歌」と称され、その新風は大陸からもたらされた達磨宗《だるましゅう》(禅宗《ぜんしゅう》)に擬《なぞら》えられて批判されることになったが、ここに和歌の世界にもあらたな動きがもたらされたのである。

建久元年の天皇の元服は、頼朝《よりとも》の上洛《じょうらく》をひかえて行われてのものでもあった。奥州《おうしゅう》の藤原氏を滅ぼした頼朝は、建久元年十月三日に鎌倉《かまくら》をたって上洛したが、この上洛は治承《じしょう》・寿永《じゅえい》と続いた内乱のあとに生まれた幕府《ばくふ》が、朝廷とのあいだにあらたな関係の構築をめざしたものである。

兼実は上洛した頼朝と内裏《だいり》で会談した際、頼朝からこういわれたという。今は法皇が天下をとられているので、政治は法皇に帰しているが、法皇の死後には政治が天皇に帰することになるので、貴殿を疎略に扱うことはしない。天下を正しくなおしてほしい。長生きをされ、私に運があれば、政治はきっと正しくなるであろう。今は法皇にまかされているので万事にかなわないが。

頼朝は滞在中に右大将《うだいしょう》や大納言《だいなごん》に任じられたが、辞して鎌倉に帰っていった。兼実や、それに従って頼朝をみた定家は、どのような感想をいだいたのであろうか、おそらくこれからの自分たちの生き方に幕府との関係が非常に重要になると感じとったことであろう。やがて鎌倉に帰った頼朝の近くから兼実に聞こえてきたのは、頼朝の娘大姫《おおひめ》入内の噂《うわさ》であった。

相次ぐ死の影

建久三(一一九二)年三月十三日、長年にわたって院政《いんせい》を行ってきた後白河法皇が六条殿《ろくじょうどの》御所《ごしょ》で六六歳の生涯を閉じた。関白《かんぱく》兼実は法皇の治世を高く評価するかたわら、ただ「延喜《えんぎ》・天暦《てんりゃく》の古風《こふう》(古きしきたり)」を忘れてしまったことを恨めしく思う、とも記している。

定家は兼実に従って、法皇の死をめぐる動きを詳しく日記に記しており、そのなかで有職故実《ゆうそくこじつ》を習い、政界の変化もうかがい知ることになった。また、この時期から広く先人の日記を書写しているが、その狙いは少将から中将《ちゅうじょう》へ、さらに蔵人頭《くろうどのとう》になることにあったのであろう。摂関時代の蔵人であった藤原資《すけ》房《ふさ》の日記『春記《しゅんき》』▲の書写にあたっている。

死に臨んで、法皇は多くの所領を後鳥羽天皇に譲り、法皇死後の政治については、兼実が積極的に主導するところとなった。『愚管抄《ぐかんしょう》』▲は「殿下《でんか》、鎌倉ノ将軍仰セ合ツツ、世ノ御政ハアリケリ」と記し、関白の兼実と鎌倉の将軍頼朝と

▼**『春記』**　摂関時代の春宮権《とうぐうごんの》大夫《だいぶ》藤原資房(一〇〇七〜五七)が記した日記。蔵人としての動きが詳細にうかがえる。

▼**『愚管抄』**　僧慈円の著わした歴史書。国の始まりから承久《じょうきゅう》の乱《らん》直前までを記し、とくに慈円と同時代の保元《ほうげん》の乱《らん》以後の記事に詳しい。上皇の挙兵を諫める目的があったとされる。

が協調しながら政治が進められていったという。建久三年七月十二日には頼朝を征夷大将軍《せいいたいしょうぐん》に任じてその後援を頼みとしつつ、前年に定めていた建久の新制にそって朝廷の公事や行事の再興に力をそそいだ。

定家の身辺にも変化が起きていた。翌建久四(一一九三)年に母美福門院《びふくもんいん》加《か》賀《が》▲を失ったが、この母は鳥羽院の妃《きさき》であった美福門院に仕えて、女院《にょいん》文化圏の教養を身につけていたから、定家もその影響を受け『源氏物語《げんじものがたり》』を学んできており、喪失感は深かった。次の歌はその秋の歌である。

母みまかりけるあき、のわきしける日、もとすみはべるところにまかりて、

たまゆらの露も涙もとどまらず　なき人こふる宿の秋風

この母の死の影響もあったのか、定家は妻を藤原季能《すえよし》▲の娘から藤原実宗《さねむね》▲の娘へと変えている。その兄弟には西園寺公経《さいおんじきんつね》▲がいて、公経は鎌倉幕府の推挙で蔵人頭になったこともあって幕府との関係が深く、あるいはその政治的な縁を求めてのものでもあったのかもしれない。そして建久六(一一九五)年に実宗の娘とのあいだに女子を儲けた。のちの民部卿典侍《みんぶきょうてんじ》である。

▼美福門院加賀　?〜一一九三。美福門院に仕え、藤原為経《ためつね》とのあいだに隆信を儲けたのち、藤原俊成の妻となって成家《しげいえ》・定家を生んだ。『源氏物語』に造詣が深く、定家に大きな影響をあたえた。

▼藤原季能　一一五三〜一二一一。平安末期・鎌倉初期の政治家。裕福な藤原俊盛《としもり》の子。八条院《はちじょういん》に仕えた関係から定家を娘の婿に迎え、定家の成長を助けた。

▼藤原実宗　一一四五〜一二一四。平安末期・鎌倉初期の政治家。娘が定家の妻となって、その娘民部卿典侍や息子為家《ためいえ》が生まれ、御子左家の発展につくした。

▼西園寺公経　一一七一〜一二四四。鎌倉前期の政治家・歌人。藤原実宗の子。源頼朝の姪を妻に迎えた親幕府派の公卿《くぎょう》で、定家やその子為家を後援し、西園寺を北《きた》山《やま》の別荘に建てた。「花さそふ嵐の庭の雪ならで　ふりゆくものはわが身なりけり」。

『六百番歌合』と九条家

　九条家が文化の中心に位置するようになるなか、その九条家の家督・良経が、建久四(一一九三)年秋に、当世の有力歌人に歌を依頼してなったのが『六百番歌合』である。左方に藤原良経・有家《ありいえ》▲・定家、顕昭《けんしょう》▲ら、右方に隆信《たかのぶ》・家隆《いえたか》、慈円、寂蓮らの組合せにより、春夏秋冬の四季題が五〇、「初恋」から「商人に寄せる恋」までの恋題が五〇という新鮮な題によってよまれたが、そのうえで番のくまれた二人が相互に批評しあうのを受けて、俊成《しゅんぜい》が判《はん》を行うという趣向により良経の邸宅で披講《ひこう》された。

　俊成の御子左家《みこひだりけ》と、これと対立関係にあった六条家《ろくじょうけ》の歌人も招かれたこの企画は、余情と優艶《ゆうえん》を重んじた俊成の判に、六条家の顕昭が『六百番陳状《ちんじょう》』を著わして批判するなど、おおいに論議を呼び、摂関家を場とする和歌の饗宴《きょうえん》となった。この『六百番歌合』で両派を代表したのが顕昭と寂蓮である。

　南北朝《なんぼくちょう》時代の歌論書『井蛙抄《せいあしょう》』には、顕昭・寂蓮の二人が日毎にいさかいをして、顕昭が法具の独鈷《とっこ》をもち、寂蓮が遁世者《とんせしゃ》として頭を丸くして鎌首のような姿をしていたので、「独鈷かまくび」と、女房たちに称されたという言い伝え

▼**藤原有家**　一一五五～一二〇九頃。平安末期・鎌倉初期の歌人。六条家の歌人であるが、定家の評価は高く、後鳥羽上皇からも歌才を認められた。

▼**顕昭**　一一三〇頃～一二〇九頃。平安末期・鎌倉初期の歌僧。六条家の顕輔《あきすけ》の猶子となり、歌学者として『袖中抄《しゅうちゅうしょう》』を編み、守覚法親王に仕えた。

九条良経(同右)

後鳥羽院(「天子摂関御影」)

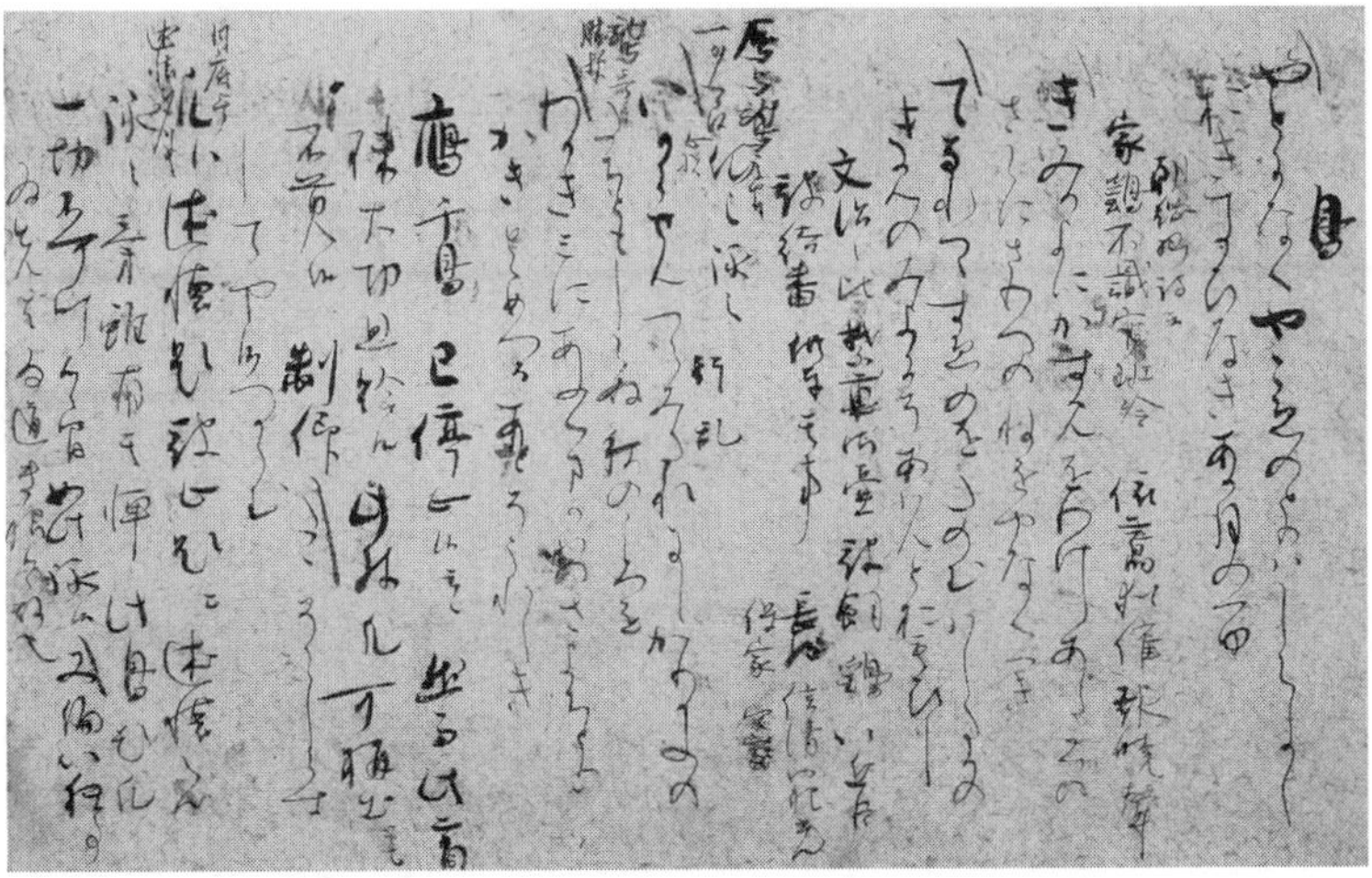

「俊成定家一紙両筆懐紙」　正治２(1200)年秋，後鳥羽院が百首歌を詠進させた際，定家が自詠の「鳥五首」に父俊成の批評を請うたもの(28ページ参照)。

を記している。「新古今《しんこきん》時代」の幕開けとなる歌合となった。

鴨長明《かものちょうめい》▲は『無名抄《むみょうしょう》』で「中頃の体を執する人は、今の世の歌をすずろのことのように思ひて、やや達磨宗などいふ異名をつけて誹《そし》り嘲《あなど》る」と、保守的な六条家の人びとの動きを評し、「この頃様を好む人は、中頃の体をば俗に近し、見所なしと嫌ふ」と、革新的な御子左家の人びとの動きを評している。このときによまれた歌のうち『新古今和歌集』にとられた定家の歌を掲げる。

摂政太政大臣《だいじょうだいじん》百首歌合に　定家朝臣《あそん》
なびかじな海人の藻塩《もしお》火たきそめて　煙は空にくゆりわぶとも

こうして和歌のあらたな世界が広がってゆくなか、頼朝がふたたび上洛したのは建久六(一一九五)年三月四日のことで、おもな目的は南都《なんと》・東大寺《とうだいじ》の大仏《だいぶつ》殿《でん》の供養《くよう》に結縁《けちえん》することにあったが、妻の政子《まさこ》▲と子の大姫・頼家《よりいえ》▲らを帯同していたことからもわかるように、武家《ぶけ》の後継者にかかわる問題をもかかえていた。

頼朝は、雨が降りしきるなかでの三月十二日の東大寺大仏殿の供養に出席したあと、娘の入内に影響力をもつ法皇の寵妃《ちょうき》であった丹後局《たんごのつぼね》▲の要望を聞き、その意にそって行動をとった。これにはわが娘中宮の皇子誕生を求めていた兼実

▼**鴨長明**　一一五三〜一二一六。平安末期・鎌倉初期の歌人・文学者。鴨《かも》神社の神主の家に生まれ、和歌を俊恵《しゅんえ》に学び、後鳥羽上皇に仕え、歌論書『無名抄』、自伝『方《ほう》丈記《じょうき》』を著わす。

▼**北条政子**　一一五七〜一二二五。北条時政《ときまさ》の子。頼朝の妻となり、大姫、頼家、実朝《さねとも》を儲け、頼朝の死後は幕府の安定化のために寄与した。

▼**源頼家**　一一八二〜一二〇四。頼朝と政子の子で鎌倉幕府第二代将軍。頼朝の後継者となったが、その権限は北条時政以下の宿老《しゅくろう》の手に移り、やがて比企《ひき》氏の乱により退けられ、弟実朝が跡を継いだ。

▼**丹後局**　?〜一二一六。鎌倉初期の女性政治家。延暦《えんりゃく》寺の澄《ちょう》雲《うん》の娘で、平業房《たいらのなりふさ》の妻となり、その死後には後白河法皇の寵愛を受け、宣陽門院《せんようもんいん》を産み、法皇晩年の政治にかかわった。

は、強い不信感を抱いた。『愚管抄』は、「内裏ニテ又タビタビ殿下見参シッツアリケリ。コノタビハ万《よろず》オボツカナクアリケリ」と記し、頼朝と兼実のあいだには懸隔《けんかく》が生じたことを語っている。

頼朝は六月二十五日に鎌倉に帰っていったが、中宮が八月十三日に産んだのが皇女であったの対し、内《ない》大臣 源通親《みなもとのみちちか》▲の養女となっていた源在子《ざいし》は十二月二日に皇子・為仁《ためひと》を産んだのだった。これにより天皇は皇子誕生を背景に政治への意欲を強めてゆくうちに、しだいに兼実の存在をうるさく思うようになり、それとともに兼実の関白をやめさせようという動きが広がる。

とくに禁中を掌握していた通親は、為仁を早く位に即けることを望んで即位に向けて動きはじめ、ついに建久七(一一九六)年十一月二十五日に兼実の関白がやめさせられ、近衛基通《このえもとみち》▲が関白に任じられた。兼実の罷免と連動して、慈円は天台座主《てんだいざす》と護持僧《ごじそう》を辞退し、天皇の近臣《きんしん》だった良経のみがそのままにとどまったが、やがて籠居《ろうきょ》することになり、定家も昇殿《しょうでん》を取り消されたのである。

▼**源通親**　一一四九〜一二〇二。鎌倉初期の政治家。後鳥羽天皇の乳母《めのと》を妻に迎えて権勢を握り、丹後局とくんだりして、九条家にかわって政治の実権を握るにいたる。

▼**近衛基通**　一一六〇〜一二三三。摂関家の近衛家を父基実《もとざね》から継ぎ、摂関となって、以後九条家と対抗し、近衛家の基礎を築いた。

時代の急展開

九条家関係者は政界から排除されてしまったが、和歌の世界では新風の定家や寂蓮、慈円などの流れが大きな影響力をもつようになってゆく。そうした動きに応じたのが後白河法皇の皇子、仁和寺《にんなじ》の守覚法親王《しゅかくほっしんのう》▲である。『北院御室集《きたいんおむろしゅう》』という歌集がある、歌人でもある守覚は、治承・寿永の内乱の前後に多くの歌人たちに命じて家集や歌学書《かがくしょ》の撰進を命じていた。藤原俊成の自撰歌集『長秋詠藻《ちょうしゅうえいそう》』も「治承二年夏、仁和寺宮の召しにより、書き進す所也」と、治承二(一一七八)年夏に献呈されている。

そして建久八(一一九七)年になって、歌論書《かろんしょ》『古来風体抄《こらいふうていしょう》』を著わした俊成は、これを守覚に献呈している。従来、式子内親王《しきしないしんのう》にささげられたものと考えられてきたが、建久八年十二月五日に守覚のおおせを受けた俊成が、定家とともに和歌を詠進することを約束しており、また同九(一一九八)年から翌年にかけての守覚の主催による『守覚法親王家五十首』に協力するなど、守覚と俊成との関係が深まっていたので、内容や他の徴証《ちょうしょう》からしても守覚にささげたものと考えられる。その『守覚法親王家五十首』に載る定家の歌を掲げる。

▼**守覚法親王**　一一五〇〜一二〇二。平安末期・鎌倉初期の僧・歌人。後白河法皇の第二皇子。仁和寺北院《ほくいん》を継承して、御室御流《おむろごりゅう》の法流を大系化した。

▼**紫式部**　九七〇～一〇一四。摂関時代の女房、物語作者。「めぐり逢て見しやそれともわかぬまに　雲がくれにし夜半《よわ》の月かな」。

春の夜の夢のうき橋とだえして　峰に別る丶横雲の空

紫式部《むらさきしきぶ》▲の著わした『源氏物語』の世界を踏まえてよんだ歌であり、定家の代表作の一つとなった。一方、寿永二(一一八三)年に神器《じんぎ》なしで王位に即いた後鳥羽天皇は、その欠を埋めるべく勉学のみならずさまざまな芸能を貪欲《どんよく》に学んでいたが、上皇《じょうこう》になると、乳母夫《めのと》の源通親を後見に院政を行うなか、しだいに和歌にめざめていった。

譲位ののち、上皇は遠くへと足を運び、天王寺《てんのうじ》や住吉社《すみよししゃ》に御幸《ごこう》しているが、この住吉社はかつて後三条院《ごさんじょういん》が譲位ののち、訪れたところで、その住吉の浜では激しい雨風にみまわれた。海辺に接していなかった上皇にとって多くの感慨をもたらし、住吉の神が和歌の神であることをも考えると、後年の和歌への関心はこのころには生まれていた可能性がある。七月二十八日には、宇治の平等院《どういん》に御幸し、続いて熊野《くまの》御幸となった。上皇となってすぐの熊野御幸は代々の上皇と同じく、院政を行うことを熊野の神に告げるためであった。

そうしたなかで、関東の頼朝が十二月二十七日に相模《さがみ》川にかけられた橋の供養に臨んでの帰途に落馬し、翌正治《しょうじ》元(一一九九)年正月十一日に出家《しゅっけ》、十三日になくなった。享年五三。すぐ正月二十六日に子の頼家に「前征夷将軍源朝臣の遺跡を続《つ》いで、宜しく彼の家人《けにん》・郎従《ろうじゅう》等をして旧の如《ごと》く諸国守護《しゅご》を奉行《ぶぎょう》すべし」という宣旨がくだされた。

朝廷も幕府も代替りして、ここにあらたな政治の時代が始まった。

③――上皇と定家の交流

正治百首歌

後鳥羽上皇《ごとばじょうこう》がはじめて和歌をよんだのは正治《しょうじ》元(一一九九)年三月の大内《おおうち》の花見の際で、その場にいた源通親《みなもとのみちちか》と寂蓮《じゃくれん》によんだ歌をあたえているが、この二人を通じて和歌の面白さを痛感するようになったのであろう。そこに寂蓮がいるのは定家との関係を結ぶ人物として重要である。

ひとたび和歌に打ち込むと、上皇の上達は早かった。翌年の正治二(一二〇〇)年には早くも百首歌をよむように歌人たちに命じ、みずからもよんだが、このときに後鳥羽上皇からおおいに認められたのが定家である。百首歌企画の報が定家にとどいたのは七月十五日。「宰相中将(公経)《さいしょうちゅうじょうきんつね》」から、前日に院《いん》で百首の沙汰《さた》があったので、その作者にはいるようにしきりに執り申した、と伝えられた。

定家は、それが本当のことならばきわめて面目・本望であり、執奏《しっそう》していただいてありがたい、と返答したが、その日のうちに、人数のなかに定家ははいっていないことが伝わってきたので、このことは思っていたことだ、と憮然《ぶぜん》と日記に記している。事情を公経にたずねると、当初は上皇の御気色がよろしかったが、「内府《ないふ》」(通親)が沙汰するうちに、ことはたちまち改変し、作者には「老者《ろうしゃ》」が選ばれることになったという。

これを聞いた定家は、古今にわたって和歌に堪能な人物として老者を選ぶことなどは聞いたことがない、これはきっと六条家《ろくじょうけ》の藤原季経《すえつね》▲の賄賂《わいろ》により自分をすておくようにしたのであろう、季経らは通親の家人《けにん》であれば、まったく遺恨とは思わないし、望むものでもない、と自嘲気味に記している。定家は三九歳、老者の年齢には一歳若かった。

この時期、定家と季経とは激しく争っていた。歌会に季経と定家が同席することがあって、季経の判《はん》に不満をいだいた定家が、やがて企画された歌合《うたあわせ》の作者を辞退する旨の仮名《かな》の書状を記したなかに、「季経等が如《ごと》きゐせ歌読の判の時には、堪へ難し」と記したことが耳にはいり、これに激怒した季経の訴えによって、良経《よしつね》から叱責を受けたこともあったほどである。

ここで動いたのがまたも父俊成《しゅんぜい》であった。俊成は「和字奏状《わじそうじょう》」を提出して、

▼**藤原季経**　一一三一〜一二二一。平安末期・鎌倉初期の歌人。清輔の子。六条家を継承したが、後鳥羽上皇に重んじられず出家した。

百首歌に四〇歳以下の人物が選ばれた古今の例をあげ、私俊成も『久安百首《きゅうあんひゃくしゅ》』に三〇余りで選ばれており、和歌に年齢は問題にならないと説き、さらに六条家の人びとの和歌の撰集がいかにいい加減なものであったかと、季経の父清輔《きよすけ》▲や祖父顕輔《あきすけ》▲の和歌の撰集の方針を批判したのである。

その結果、八月九日朝早くに公経から、定家が百首歌の作者に選ばれたことが伝えられ、昼時には院宣《いんぜん》が到来した。すぐに定家は了承する旨の請文《うけぶみ》を提出して、「一世の願望」が満たされた、と父に感謝しおおいに喜んでいる。

翌日、事情が明らかになってきた。俊成が頭中将《とうのちゅうじょう》源通具《みちとも》▲を通じて五、六度にわたり通親に人数の追加を求めたところ、加えがたいという返事だったことから、仮名の奏状をもって自身が御所《ごしょ》に参入すると、上皇が御所の北面《ほくめん》で直接に受け取ってご覧になり、定家を含めて三人を追加したという。

道の面目

定家は正治二(一二〇〇)年八月二十三日に上皇から明日までに百首歌を提出するように命じられ、あわてて二〇首ほどが不足していたが、これまでによん

▼**藤原清輔**　一一〇四〜七七。院政《いんせい》期の歌人。父顕輔の跡を継いで六条家という和歌の家を興こし歌学《かがく》を大成させた。歌学書の『袋草紙《ふくろぞうし》』を著わし、九条兼実の歌の師範となった。「ながらへばまたこのごろやしのばれむ　憂《う》しと見し世ぞ今は恋しき」。

▼**藤原顕輔**　一〇九〇〜一一五五。院政期の歌人。院近臣の藤原顕季《あきすえ》の子。崇徳院《すとくいん》の命になる勅撰和歌集『詞花《しいか》和歌集』を撰進。「秋風にたなびく雲のたえ間より　漏《も》れ出づる月の影のさやけさ」。

▼**源通具**　一一七一〜一二二七。平安末期・鎌倉初期の歌人。通親の次男。俊成卿女の夫。父にかわって『新古今和歌集』の撰者になる。

だ歌を父にみせ、難がないとの指摘があったことから(一九ページ写真参照)、翌二十四日に提出するとともに、残りを二十五日にだした。するとすぐ翌二十六日に定家に内の昇殿《しょうでん》が認められたのである。

殿上人《てんじょうびと》こそ多くの貴族《きぞく》が望むものであり、ここに定家は待望の復帰がかなった。このことは申し入れてなったのではなく、予想外のことであり、今、百首を詠進してすぐに昇殿を認められたのは「道の面目、後代に美談」として人びとに伝えられるであろう、と記したうえ、「自愛極り無く、道の中興の最前にすでにこの事にあずかる」と、たいそう喜んでいる。夜には急いで御所に参り、近臣《きんしん》の藤原長房《ながふさ》▲などにあって、歌について話をして帰っている。

二十八日には、歌がとくに上皇に気にいられたという噂《うわさ》が諸方から伝わってきたことから、改めて「道の面目、本意、何事かこれに過ぐるか」と喜んでいる。その百首歌には、次の歌を鳥の歌としてよみ、百首歌の奥にこの歌をよんだ事情を書きそえている。

君が代に霞《かすみ》をわけし蘆《あし》たつの　さらにさはへにねをや鳴らん

歌はかつて昇殿を取り消されたときに俊成が法皇《ほうおう》に訴えたときによんだ和歌

▼**藤原長房**　一一七〇～一二四三。鎌倉前期の政治家。光長《みつなが》の子。後鳥羽上皇の近臣として活躍。

（八ページ参照）を踏まえてよんだものである。この昇殿は広く定家の存在や百首歌の意義を告げるものとなり、上皇はいよいよ和歌の世界を牽引《けんいん》する使命感を有するようになる。定家がよんだ百首歌をさらに二つ掲げる。

梅の花匂ひを移す袖の上に　軒もる月の影ぞあらそふ

駒とめて袖打ち払ふ陰《かげ》もなし　佐野のわたりの雪の夕暮

定家は九月二日に昇殿の儀に臨んだ。殿上の口で蔵人《くろうど》を呼びだしてのぼり、殿上の簡に名を書きいれて、御膳に臨み、内侍《ないし》が扇をならして膳が撤されて、儀式は終った。昇殿した定家と上皇とのあいだに密なる交流がこのときから始まる。

続いて『仙洞《せんとう》十人歌合』の企画があった。作者は女房（上皇）、左大臣《さだいじん》（九条良経）、内大臣（通親）、権大納言《ごんだいなごん》藤原忠良《ただよし》、隆信《たかのぶ》、定家、家隆《いえたか》、飛鳥井雅経《あすかいまさつね》▲、前《さきの》座主《ざす》（慈円《じえん》）、寂蓮の一〇人で、五十番に歌が組み合わされたが、歌人のなかに六条家の人びとは一人もはいっていない。これは定家の存在に注目し、その実力をさらに見定めたいという考えが上皇にあったからであろう。ここに上皇は御子左《みこひだり》流の新風へと大きく舵を切ったのである。

▼**飛鳥井雅経**　一一七〇〜一二二一。鎌倉前期の歌人・蹴鞠《けまり》の達者。幕府に仕えていたが後鳥羽上皇に召されて蹴鞠を教え、和歌にも秀でて、『新古今和歌集』の撰者となる。「み吉野の山の秋風さ夜更《ふ》けて　ふる里寒く衣《ころも》うつなり」。

飛鳥井雅経（『光琳カルタ百人一首』）

定家は翌十三日に、右中弁《うちゅうべん》長房を通じて十首歌を上皇に進めると、やがて歌合五十番に結番《けちばん》されることになったが、その間の九月末日にも『九月尽日《じんじつ》歌合』が一六人の歌人によって行われている。

近臣への道

十月一日、定家が諸所をまわって帰路に就き、六条の辻をすぎようとしていたところ、上皇からの御教書《みきょうしょ》(院宣《いんぜん》)がもたらされ、歌会があるのですぐに参るようにという命がとどいた。すぐ御所にかけつけると、三題があたえられ、よんで進めるようにいわれ、ついで院近臣の歌人である源家長《いえなが》▲とともに小御所《こごしょ》に召されたが、その上皇の御前には公経や雅経らの院近臣が伺候《しこう》しており、上皇から次のおおせがあったという。

カヽル所への参入、所存憚《はばか》り無く申すべし。申さざれば、その詮《せん》無し、汝《なんじ》の所存を以《もっ》て聞《きこ》し召さんがため、かるが故に今夜老者を召されず。

思うところを存分に述べよ、そのために今夜は、老歌人を召していない、といわれた定家は、「目は眩転《げんてん》し、心は迷った」が、ただつぶさに所存を申したと

▼**源家長**　一一七〇頃～一二三四。位は低かったが、後鳥羽上皇に仕えて近臣として働き、その記した『源家長日記』は、後鳥羽上皇周辺の和歌の動きをよく伝える重要史料。

いう。衆議判《しゅうぎはん》ということから、みなで勝負の大略を定めたのち、おおせによってその詞を書いた。ただ勅定《ちょくじょう》に従うのみであって、「今夜の儀、極めて以て面目たり。存外々々」という感想を記している。

上皇に取り立てられた定家は、十月十一日にも上皇から題があたえられ、病をおして騎馬で二条殿《にじょうどの》にかけつけて歌を提出したが、それらは御所の中島の神殿で披講《ひこう》されたのち、さらに結番されて六人の歌人による三番の歌合となり、寂蓮と定家の定めによって評定《ひょうじょう》がなされた。その六人とは上皇、慈円、定家、家隆、源具親《ともちか》、寂蓮であった。

やがて熊野御幸《くまのごこう》に赴いて京に戻った上皇は、十二月十八日に水無瀬《みなせ》の御所に方違《かたたがえ》御幸を行うと、二十日には定家をはじめ廷臣《ていしん》たちに水干《すいかん》を着て二十三日に供奉《ぐぶ》するように命じている。いよいよ定家は水無瀬の離宮《りきゅう》▲に召されるようになったのである。

定家は二十二日にやって来た藤原隆信と水干のことについて打ち合わせ、当日の風が烈しいなか、水干装束《そうぞく》▲で鳥羽殿《とばどの》に参ると、宰相中将公経とあい、ともに参入したが、人びともこれと前後してやってきた。

▼**水無瀬離宮**　山城《やましろ》と摂津《せっつ》の境の山崎の近く、淀《よど》川にそった地に後鳥羽上皇の離宮として造営された御所。

▼**水干装束**　一般庶民が使用した装束だが、しだいに貴族たちにも、くだけた装束として用いられるようになった。

上皇はほどなく船に乗り、近臣らが皆それに乗ったので、一人だけ推参《すいさん》できなかった。殿上人の船に乗ったものの、その船は高屋形《たかやかた》のために向かい風に弱く、前に進むのがきわめて遅く、たまたま侍従雅経の船をみつけてそれに乗り移り一緒に行った。水無瀬の津に着いてからは騎馬で御所に参り、しばらく伺候したが、御用もなく、遊女らが郢曲《えいきょく》▲を謡い舞っていたので退いている。

夜になって参ると、奈良の猿楽法師原《さるがくほうしばら》▲が上皇の御前で雑芸《ぞうげい》を行っており、それをうかがいみたあと、退出して山崎《やまざき》の油売りの小屋に泊ったという。山崎は油売りの商人たちの根拠地であった。翌二十四日に広御所《ひろごしょ》で公卿《くぎょう》以下に饌《せん》があたえられて定家もそれにあずかり、午時《うまのとき》(正午)ほどに上皇がお出ましになって郢曲があった。こうして二十五日に定家ら疎遠の人びとは京に帰ったが、他の人びとは狩の装束で御所に参ったという。

定家はこの日の記事で、人びとの水干装束について「今度の水干装束は華美に及ばず、曲折風流、殿上人以上は赤色の類の衣無く、多くは白の唐綾衣《からあやぎぬ》」などと記したのち、近臣たちがどのような装束を着ていたのかを縷々《るる》述べている。上皇だけでなく定家の衣装へのこだわりもよくうかがえ、この点でも二人に共

▼**郢曲**　宴席などで謡われた歌謡。多くは今様をさし、摂津の江《え》口《ぐち》や神崎《かんざき》の遊女たちが謡った。

▼**猿楽法師原**　猿楽は物真似や曲芸・滑稽《こっけい》芸のことで、寺院の延《えん》年《ねん》という宴会行事などで猿楽を演じた法師たちのこと。

通するところがよく認められる。

和歌の試験

正治二（一二〇〇）年十一月二十八日に上皇の熊野御幸の最中、内裏《だいり》での和歌会が開かれたので、定家が参内《さんだい》したところ、歌人といえるような人は少なく、「有って亡きが如き少年の輩《ともがら》」が群列していたのは「無念」であった、と記している。このことをのちに聞いた上皇は、「甚だ異様也。道のため恥也。サル物共によます様やはある」と語ったという。

そうしたところから、上皇は翌建仁《けんにん》元（一二〇一）年二月八日に「十首和歌会」を開いて和歌の試験を行っている。この和歌試《し》では、飛鳥井雅経、源通具、藤原秀能《ひでよし》▲らが高く評価され、のちに和歌所《どころ》の寄人《よりうど》となってゆく。和歌試は和歌所の設置に向け、才能を見極める意味があり、広く歌人の才能を見極めるために行われたのである。

和歌試のあった翌日、上皇に召された定家・家隆・寂蓮らは、和歌試と併行して企画されていた五十首歌をよむことを命じられた。三日後に定家は五十首

▼**藤原秀能**　一一八四〜一二四〇。後鳥羽上皇に歌の才能を認められて近臣となった歌人。承久の乱に秀康《ひでやす》と兄弟で加わって、出家《しゅっけ》、法名を如願《にょがん》。

歌を上皇に提出したが、しかるべき歌人たちからも五十首歌が集められ、十六・十八日に歌合の評定が行われている。「老若《ろうにゃく》五十首歌合」である。

この歌合は上皇により実力を認められた歌人たちによる歌合であり、題は春・夏・秋・冬・雑《ざつ》の各一〇首、老・若の二方に分かたれ、左の老方に大納言忠良、慈円、定家、家隆、寂蓮がはいり、右の若方に女房(上皇)、良経、宮内《くない》卿《きょう》、▲越前《えちぜん》、雅経が配された。若ということで上皇が右方に、昨年は若とされた定家が今年は四〇歳になって老方にはいっている。和歌に老若の別がないという言い分を逆手にとっての趣向である。

上皇が行った二月の和歌の会は、新人歌人と和歌の手だれを発掘するあらたな人材の発掘を意図したものであり、明らかに勅撰和歌集の編纂に向けての動きが認められる。この動きに敏感に反応し動いたのが通親である。二月十三日が辛酉《しんゆう》の年ということで改元されて建仁元(一二〇一)年になった、その三月十六日に影供《えいぐ》歌合▲を盛大に開催した。上皇の御所に近接する宿盧《しゅくろ》▲で行っており、上皇が主導権を握っていたので、定家に講師が命じられ、六題で作者の名を隠して六巻、各一〇番の歌合となった。

▼**宮内卿**　生没年未詳。後鳥羽上皇に歌の才能を認められた女房歌人。「薄く濃き野辺のみどりの若草に　跡まで見ゆる雪のむら消え」の歌で「若草の宮内卿」と称された。

▼**影供歌合**　歌人の柿本人麻呂《かきのもとのひとまろ》の御影《みえい》の絵を前に歌合を行う試み。

柿本人麻呂(『光琳カルタ百人一首』)

▼**宿盧**　控えの部屋。摂関や大臣などのために設けられた控えの一室。

歌合が終ると、三月十九日からは水無瀬御所で遊宴が始まった。鳥羽殿に水干を着て参上した定家は、鳥羽から三人乗りの高屋形の板葺《いたぶき》船に具親らと乗って水無瀬御所に参ると、広御所では遊女による今様《いまよう》があり、明日は白拍子合《しらびょうしあわせ》▲が行われることが告げられた。二十三日に定家が広御所に赴くと、この日も今様、乱拍子《らんびょうし》、また上《じょう》北面▲以上による乱舞《らんぶ》があったという。こうして五日間にわたる水無瀬御所での遊宴は終った。

この日、水無瀬にいた定家に対し、上皇は先日に命じてあった十首歌を二十八日に進めるように求めてきた。これが二十六人の歌人たちに十題の歌を提出させ、そのなかから七十二首の秀歌を選んで三十六番の歌合せとした『新宮撰歌合《しんぐうせんかあわせ》』である。

二十七日に良経邸に赴いた定家は、撰歌合では端書《はしがき》や位署《いしょ》などは書かないものだ、と兼実にいわれた。定家はこの点についてよく知らなかったので、父に聞いたところ、先達《せんだつ》の説はあっても、それは用いがたいから、これでいいだろうということであった。

▼**白拍子合**　白拍子舞をする人びとを二つに組み合わせて競わせる舞の技。

▼**上北面**　北面に伺候する人びとのうち身分の高い者。低い者を下《げ》北面と呼ぶ。

芸術家とパトロン

二十八日に良経の供をして参院した定家らは、左右の和歌を撰ぶことになり、左方は広御所の簾中《れんちゅう》で撰び、良経、通親、寂蓮、家隆らがそれに従い、右方は御所の北面で取捨が行われ、慈円が御前にあって藤原範光《のりみつ》がよみ、定家・雅経らが祗候《しこう》した。

このときに定家は「愚詠《ぐえい》、今度多く御意《ぎょい》に叶ふと云々。面目身に過る者也」「生れてこの時に遇ふ、吾が道の幸ひ何事かこれに過《すぎ》んか」と、よんだ歌が多く選ばれて、上皇に褒められた喜びを記している。翌日、俊成が判者として歌合の披講がなされ、読師は左方が通具、右方が公経、講師は左が家隆、右が雅経であって、定家には判と方難《ほうなん》▲の陳状を注するように命じられ、「面目身に過る」と痛感している。ここでも喜びを隠さない。

定家は選ばれた五首のうち、月と恋の歌が上皇の叡感《えいかん》にあずかり、読上げのときには、「何の歌と雖も、この歌に勝つべからず」といわれたことから、「道の面目、何事かこれに過んか」と記し、「感涙《かんるい》禁じがたき者也」と涙をぬぐっている。このときの定家の歌をあげておく。

▼**方難**　左右に分かれた歌人たちが相手方の歌をそれぞれ批判すること。

霞隔遠樹

みつしほにかくれぬ磯の松の葉も　見らくすくなく霞む春かな

山家秋月

宮古人《みやこびと》さらでも松の木の間より　心づくしの月ぞもりくる

遇不会恋

人ごころほどは雲井の月ばかり　忘れぬ袖のなみだとぶらむ

定家に対する上皇の態度は、いわば芸術家に対するパトロンといったものに相当する。自尊心にあふれ、熱い魂をもつ芸術家に対し、批評家としての審美《しんび》眼《がん》があるうえ、自身も芸術家魂を有するパトロンといった関係にあたる。

このような関係は日本の社会にはこれまで生まれなかったのだが、和歌という領域において身分の境界を突破して生まれたのである。いわば定家の日記『明月記《めいげつき》』はその交流の記録であり、歌集の『拾遺愚草《しゅういぐそう》』(カバー表写真参照)はその交流の結晶であった。そして『後鳥羽院御口伝《ごくでん》』▲には、そのパトロンとしての言が記されており、次のように定家について語っている。

定家は左右無き者なり。さしも殊勝なりし父の詠をだにも、あざあざと思

▼**『後鳥羽院御口伝』**　後鳥羽上皇が和歌について語った歌論書。初心者が歌をよむうえでの注意や歌人たちへの論評がなされている。子の順徳天皇に授けるために著わした。

ひたりしうへは、まして余人の歌沙汰にも及ばず。やさしくもみもみとある様に見ゆるすがたまことにありがたく見ゆ。道に達したる様など殊勝なりき。歌みしりたるけいきゆゆしげなり。

定家を並びなき歌人として絶賛してはばからない。しかし他の歌人はもちろんのこと、父の歌さえも厳しく評価するという定家の態度は批判している。定家のそれはまさに芸術家のよくみられる性格であって、人の歌にも厳しいが、自分の歌にもそれが貫かれていた。次のようにも記されている。

引汲《いんきゅう》(加勢)の心になりぬれば、鹿をも馬とせしがごとく、傍若無人《ぼうじゃくぶじん》ことわりも過ぎたりき。

他人の言の葉をきくに及ばず。惣て彼卿歌、存知の趣、いささかも事により折によるといふ事なし。またものにすぎたる所なきによりて、或は歌なれども自賛歌にあらざるよしといへば腹立の気色あり。

よい歌と思えば譲らない。これは、たとえていえば、鹿を馬ともみなすような傍若無人な振舞いであったという。自分の歌でも気にいらないとなれば、人がほめても自賛歌ではないといって腹を立てる始末だと指摘する。そして定家

順徳院（「天子摂関御影」）

の歌について次のように総括して高く評価する。

> 惣て彼卿、歌のすがた殊勝の物なれども、人のまねぶべき風情にはあらず。心あるやうなるをば庶幾《しょき》せず。ただことばすがたの艶にやさしきを本体とせる間、其骨《こつ》すぐれざらむ初心の者まねばば正体なき事になりぬべし。定家は生得の上手にてこそ心なにとなけれども、うつくしくいひつづけたれば殊勝の者にてあれ。

歌の姿は優れていて、生まれつきの歌人ではあるが、けっして他の人が真似してはならない、と付け加えている。この本は子の順徳《じゅんとく》天皇に指南するため書かれたものであり、その点からの教訓である。

④—撰集に向けて

撰集への出発点

上皇《じょうこう》は定家という存在を高く評価し、勅撰《ちょくせん》和歌集の編集に力をそそぐようになり、定家もそのことを自覚するようになった。『拾遺愚草《しゅういぐそう》』に収録する初期の百首歌である『堀河題百首《ほりかわだいひゃくしゅ》』の序に、定家は「正治《しょうじ》・建仁《けんにん》に及び、天満天神《てんまてんじん》の冥《めい》助《じょ》を蒙り、聖朝聖主《せいちょうせいしゅ》の勅愛《ちょくあい》に応へ、僅かに家の跡を継ぐ。猶この道に携はる事、秘して浅からず」と記し、この時期に「聖朝聖主の勅愛」をえることになったと述べている。

しかしパトロンと芸術家との関係においてはつねにあるごとく、二人は相互に緊張感に満ち、魂の相克があったが、それも推進力となって勅撰和歌集は編まれてゆくことになる。

この三月すぎに完成したとみられる歌合集《うたあわせしゅう》に『三百六十番歌合』がある。「それ和歌は吾朝万代《わがちょうばんだい》の習俗なり」という序に始まり、現存する三六人の歌人の歌が集められ、三百六十番に編まれている、きわめて整然とした歌集である。序の末尾には「時に聖暦庚申《せいれきのこうしん》、涼秋《りょうしゅう》の己酉《きゆう》に之を記す」とあって、正治二(一二〇〇)年八月二十六日に記したという序があるのにもかかわらず、翌年三月の「新《しん》宮撰《ぐうせん》歌合《かあわせ》」の歌までみえる。

　正治二年八月二十六日の日付は、歌合の始まりを意味するものとわかるが、この日が定家の昇殿《しょうでん》の日であったこと、正治の二度の百首や「老若《ろうにゃく》五十首歌合」に載る歌が多くあることなどを考えると、このような編集姿勢には上皇が深くかかわっていたことがわかる。その人選といい、入集歌の数といい、上皇の評価がうかがえる。

　もっとも多い歌数は上皇・良経《よしつね》・慈円《じえん》・俊成《しゅんぜい》・式子内親王《しきしないしんのう》▲の五人で三九、続いて寂蓮《じゃくれん》の三六、定家と家隆《いえたか》の三五、兼実《かねざね》の三四、通親《みちちか》の三一、隆信《たかのぶ》・有家《ありいえ》と守覚《しゅかく》の二六、忠良《ただよし》と顕昭《けんしょう》の二三となり、そのほか力量に応じて数が割りふられている。

　よまれてまもない上皇主宰の百首歌や歌合からも、多くの歌がとられている点は、上皇がかかわっていなければむずかしい。序にも、上皇が和歌に臨む姿勢が表現されている。上皇は定家という有能な歌人をみいだしたことから、和

▼**式子内親王**　一一四九〜一二〇一。鎌倉初期の歌人。後白河法皇の皇女。父譲りの、ものにこだわらない性格と豊かな感性とから、情熱にあふれた歌をよみ、定家に影響をあたえた。「玉の緒よ絶えなば絶えねながらへば　忍ぶることの弱りもぞする」。

式子内親王(『光琳カルタ百人一首』)

歌の撰集作業をみずからの手で行いはじめたのだろう。しかし、つぎつぎと秀歌が生まれくるなか、改訂を加えてゆき、翌年の三月すぎにまでおよぶところとなったとみられる。

『三百六十番歌合』は上皇が勅撰和歌集の編集をめざして、私的に編んだもので、それをへて次のステップへと向かったのである。実際、この歌集に載る歌は『新古今《しんこきん》和歌集』に直接につながっている。

三度目の百首歌

建仁元(一二〇一)年六月、いよいよ三度目の百首歌を上皇は企画した。その百首の構成は春二〇、夏一五、秋二〇、冬一五、祝五、恋一五、雑一〇首であるが、今度はきわめて大がかりなものとなった。人数は三〇人におよび、初度の二二人より八人多い。

三宮惟明《さんのみやこれあきら》親王▲のほか、公卿《くぎょう》では左大臣《さだいじん》良経、大納言《だいなごん》忠良、入道三位《にゅうどうさんみ》俊成のほかに、通親、中納言《ちゅうなごん》公継《きんつぐ》▲・兼宗《かねむね》、宰相中将《さいしょうちゅうじょう》公経《きんつね》、三位中将通光《みちみつ》、三位季《すえ》能《よし》らが追加され、殿上人では定家、通具《みちとも》、隆信、家隆、寂蓮らのほかに、有家、

▼**惟明親王**　一一七九〜一二二一。高倉《たかくら》天皇の皇子、後鳥羽上皇の兄。

▼**徳大寺公継**　一一七五〜一二二七。平安末期・鎌倉初期の政治家。実定の三男であったが徳大寺家を継承し、承久の乱では後鳥羽上皇を諫めた。

保季《やすすえ》、良平《よしひら》、雅経《まさつね》、具親《ともちか》、家長《いえなが》らが加わった。

僧では慈円のほかに顕昭が、女房では讃岐《さぬき》▲、小侍従《こじじゅう》、丹後《たんご》のほかに、宮内卿《くないきょう》、俊成卿女▲・越前《えちぜん》らが追加されたのである。

歌人の数からみて「三百六十番歌合」のように三六人が考えられ、それを想定して依頼したところ、しかるべき内容のものが三〇人にとどまったというのが実情だったのであろう。良経が建久《けんきゅう》四(一一九三)年秋に依頼してなった『六百番歌合』にならいつつも、その三倍の一八〇〇番の歌合を構想したものとみるべきである。

六月六日に家長を通じて百首歌のことを伝えられた定家は、十一日に持参・提出したところ、上皇からの感想を聞いて「日来《ひごろ》、沈思《ちんし》し心肝《しんかん》を摧《くだ》くるに、今この事を聞き、心中甚だ涼《りょう》にして感涙《かんるい》に及ぶ、生れてこの時に遇ふ、自愛休み難し」と心から喜んでいる。定家がこのときによんだ歌のうち『新古今和歌集』にはいった四首を次に掲げる。

久方の中なる河の鵜飼舟《うかいぶね》　いかに契りて闇を待つらむ

秋とだに忘れんと思ふ月影を　さもあやにくに打つ衣かな

▼**讃岐**　一一四一頃〜?。平安末期・鎌倉初期の歌人。源頼政《よりまさ》の娘で、二条《にじょう》天皇に仕えてから女房歌人として活動した。「我が袖は潮干に見えぬ沖の石の　人こそ知らねかわく間もなし」。

▼**俊成卿女**　一一七一頃〜?。鎌倉前期の歌人、俊成の娘の八《はち》条院三条《じょういんさんじょう》の娘であるが、俊成の娘として後鳥羽上皇に出仕し、歌の才を認められた。上皇の指名で『新古今和歌集』恋二の巻頭にその歌がおかれた。

わが道を守らば君を守るらむ　よはひはゆづれ住吉の松
かきやりしその黒髪のすぢごとに　打ふす程は面影ぞ立つ

定家は十六日に御前に召され、上皇の歌をみるようにいわれたので、披《ひら》いてみたところ、「金玉《きんぎょく》の声、今度は凡《およ》そ言語道断、今においては、上下更に以《もっ》て及び奉る人無し。毎首、不可思議、感涙禁じがたき者也」と、その出来栄えに感嘆している。

このたびの百首歌で、上皇がもっとも期待したのは九条家《くじょうけ》の家督の良経である。忠通《ただみち》▲・兼実・良経と和歌をよんできた摂関《せっかん》家の一つである九条家を取り込むことは、上皇の主宰する和歌の文化が朝廷において定着したことを意味するもので、しかも良経はこれの前提になる『六百番歌合』の主宰者であっただけにその意義は大きい。

和歌所の設置

続いて七月二十六日には、定家のもとに院宣《いんぜん》が到来し、和歌所《どころ》を始めるので、寄人《よりうど》として明日の酉刻《とりのこく》（午後六時）に参仕するように告げられた。定家は、この

▼**藤原忠通**　一〇九七〜一一六四。院政期の政治家・歌人。父忠《ただ》実《ざね》の摂関家を継承し、鳥羽院政を補佐したが、弟の頼長《よりなが》を寵愛する父との衝突が、保元の乱の遠因となる。「わたの原漕ぎ出でて見ればひさかたの　雲居にまがふ沖つ白波」。

ことにあうのは老いの幸である、と喜んだが、このときに寄人に選ばれた一一人は、左大臣良経、内大臣通親、座主慈円、三位入道俊成、頭《とうの》中将通具、有家・定家・家隆朝臣《あそん》、雅経、具親、寂蓮であると聞いた。

ここに和歌所が設けられたが、その先蹤《せんしょう》とされたのは『古今和歌集』▲の撰集であって、そのときの和歌所は承香殿《じょうきょうでん》の東が場とされ、撰者の紀貫之《きのつらゆき》▲が御書所《ごしょどころ》の預《あずかり》となった。今回の和歌所は二条殿《にじょうどの》の殿上の北面《ほくめん》におかれ、二人の大臣など貴顕《きけん》がメンバーとされ、和歌の叡智を結集する和歌の文化機構という位置づけである。八月五日に和歌所に寄人が集まったときに家長が和歌所の年預《ねんよ》となったが、「各相議し、毎事勅許有り」とあるので、寄人たちの衆議により運営され、それを上皇が主導するものであったことがわかる。

衆議により決められていることからすれば、衆議判の歌合の運営とよく似ており、上皇は歌合から発想して和歌所を立ち上げたのであろう。これまで上皇は和歌の会を私的に多く開き、主宰してきたが、それにあきたらず、ここに国家機構の一つとして和歌所を整備したのであり、これまでにまったくない新制度の発足といえる。

▼**『古今和歌集』** 最初の勅撰和歌集。二〇巻。醍醐《だいご》天皇の勅により、紀友則《きのとものり》・貫之《つらゆき》、凡河内躬恒《おおしこうちのみつね》、壬生忠岑《みぶのただみね》を撰者として延喜《えんぎ》五(九〇五)年に編まれた。一一一〇首が四季・恋・雑部などに部立てされ、以後の勅撰和歌集の基準となり、定家ももっとも高く評価した。

▼**紀貫之** ?〜九四五。平安前期の歌人。『古今和歌集』の撰者となり、その仮名序《かなじょ》において和歌の歴史と理論を展開し、和歌の隆盛をもたらした。「人はいさ心も知らずふるさとは　花ぞ昔の香に匂ひける」。

紀貫之(『光琳カルタ百人一首』)

七月二十七日に和歌所始めが行われた。定家が左大臣良経邸に参ると、今夜の歌のことを伝えられており、良経が全体を総括する立場にあったことがわかる。定家はこの日の日記に和歌所の図を描き、広御所の北面が和歌所とされたことを記している。すぐ八月三日に和歌所で影供《えいぐ》歌合が開かれたが、和歌所の開設とともにこの歌合が行われたことから、和歌所は和歌の殿堂としても位置づけられたことがわかる。

八月七日、定家が良経の邸宅に赴くと、良経は『後撰《ごせん》和歌集』『拾遺《しゅうい》和歌集』の和歌集のうちから一〇〇首を選び出し、進めるように上皇に命じられていて、それらを定家にみせて意見を求めてきた。すでに和歌所の第二の業務である撰集作業が始まっていた。

さらに八月二十七日、上皇は定家に熊野御幸《くまのごこう》に供をするように命じると、九月九日になってその供人の全容を定家に伝えている。内大臣通親、検非違使別《けびいしべっ》当信清《とうのぶきよ》▲、仲経《なかつね》卿の公卿三人、殿上人は定家、忠信《ただのぶ》▲、有雅《ありまさ》らの七人である。いずれも清撰の近臣であるのに、「俗骨」であるこの私が、ただ独り相交わっているとは、どうして自愛せずにおかれようか、と記しつつ、御供するのは面目過分

▼**坊門信清**　一一五九～一二一六。平安末期・鎌倉初期の政治家。姉の七条院《しちじょういん》が後鳥羽上皇を産んだことから、上皇の近臣となり、娘は源実朝の妻となった。

▼**坊門忠信**　一一八七～?。鎌倉前期の政治家。信清の子。後鳥羽上皇の近臣として承久の乱では幕府軍と戦った。

なことではあるものの、体がすぐれず、どうしたものか、と悩んでもいる。

上皇は明らかに定家を熊野御幸につれだし、熊野の神に和歌をささげて、勅撰和歌集の撰集を祈ることを考えていたのである。前年の熊野御幸には多くの歌人をつれて道中で歌会を開いたものの、そのときには定家をつれていかなかった。今回は定家をつれての御幸であり、途中で何回も歌会を開こうと企画していた。

熊野御幸で今様《いまよう》を謡いつくした後白河法皇《ごしらかわほうおう》が、京に帰って『梁塵秘抄《りょうじんひしょう》』▲を編んだ例にならい、上皇は熊野の神に勅撰和歌集の撰集の開始を告げるとともに、その無事な完成を祈念しようとしたものとみられる。

▼**『梁塵秘抄』**　後白河上皇が嘉《か》応《おう》元（一一六九）年の熊野御幸の直後に完成させた今様集。その事情については、『梁塵秘抄口伝集《くでんしゅう》』に詳しい。

⑤——上皇と定家の熊野参詣

熊野御幸への同行

建仁《けんにん》元（一二〇一）年十月一日に上皇《じょうこう》は熊野御幸《くまのごこう》のために鳥羽《とば》の精進屋《しょうじんや》にはいって精進を始め、五日に出発した（六四ページ写真上参照）。その前夜に定家には折烏帽子《おりえぼし》で参るように、熊野道にはいる御津《みつ》の辺りから立烏帽子《たてえぼし》に替え、石清水八幡《いわしみずはちまん》では摂社《せっしゃ》の高良社《たからしゃ》▲に、紀伊国《きいのくに》では日前宮《ひのくまのみや》▲に御幣使《ごへいし》をつとめることなどが伝えられた。熊野御幸では、熊野道の周辺にある神社に奉幣《ほうべい》をし、寺では経《きょう》供養《くよう》を行い、熊野の神を勧請《かんじょう》した王子《おうじ》に参拝しつつ赴くことになっていた。

こうして上皇は鳥羽から舟に乗って大渡《おおわたり》で下船して石清水八幡にまず参詣したが、このときに定家は麓《ふもと》にある高良社への奉幣の使者として派遣された。本《ほん》殿《でん》では奉幣ののち、経供養が三井寺《みいでら》の公胤《こういん》▲を導師として行われた。上皇の先達《せんだつ》は三井寺の覚実《かくじつ》であり、経供養のために公胤を同道させていたのである。

八幡に参詣したのち、淀《よど》川を船でくだって御津で下船すると、そこには最初の王子▲である窪津《くぼつ》王子があって、参拝がなされた。奉幣し、御拝《ごはい》が二度あり、

▼**高良社**　石清水八幡宮の摂社、本社が男山《おとこやま》の頂《いただき》に鎮座するのに対して麓にある。

▼**日前宮**　国懸社《くにかかすしゃ》とともに紀伊国の一宮《いちのみや》として崇敬された。

▼**公胤**　一一四四〜一二一六。平安末期・鎌倉前期の僧。三井寺の僧。後白河法皇の信任が厚く、鎌倉幕府からも厚遇された。

▼**王子**　熊野の若王子《にゃくおうじ》の神が熊野参詣道の各所に勧請《かんじょう》されたもの。

御経供養のあとには里神楽《さとかぐら》と乱舞が行われた。次の坂口《さかぐち》王子、郡戸《こおりど》王子など、各王子での基本的な参拝はこの順序で行われていった。

やがて参詣道にそって所在する四天王寺《してんのうじ》に参っているが、上皇はこれに先立って塔の修理をすませていた。金堂《こんごう》で仏舎利《ぶっしゃり》の拝礼があり、御経供養が行われたが、定家はとくに役がなかったので御所《ごしょ》には参らなかった。ただ御幸の初日ということでもあったから、「猶々《なおなお》この供奉《ぐぶ》世々の善縁《ぜんえん》也。奉公《ほうこう》の中、宿運《しゅくうん》の然《しか》らしむる、感涙《かんるい》禁じ難し」と、御幸に供奉していることに感涙を禁じえない、と感激している。

この日の供人は、内大臣通親《ないだいじんみちちか》以下の公卿《くぎょう》に、殿上人《てんじょうびと》は保家《やすいえ》、定家、隆清《たかきよ》、定通《さだみち》、忠経《ただつね》、有雅《ありまさ》、通方《みちかた》らで、上北面《じょうほくめん》はほぼすべて、下《げ》北面は清撰された者などであった。定家はこのなかに撰ばれた光栄について、「面目身に過ぎ、還《かえ》って恐れ多し、人定めし吹毛《すいもう》の心有らんか」と、人から羨《うらや》まれ、非難されるかもしれないと記している。

四天王寺に参詣した夜、上皇は三首の題をあたえ、明日、住江殿《すみのえどの》▲で披講《ひこう》することを伝えてきたが、定家は疲れていて「沈思《ちんし》叶はず」と記している。これから

▼**住江殿**　住吉社近くの殿舎で、和歌会が開かれ、その柱にはよまれた和歌が書きつけられた。

は疲労とたたかいながら、歌をよむ旅が続けられてゆくことになる。

その六日朝早くに定家は阿倍野《あべの》王子を参詣したのち、住吉社《すみよししゃ》に詣でて奉幣している。和歌の神をまつる住吉社をはじめて参拝しただけに、定家の感悦《かんえつ》の思いは極まりないものがあったらしい。

上皇による奉幣、経供養と里神楽、相撲《すもう》三番の奉納があり、御所とされた住江殿にはいってそこで和歌が披講された。定家は講師をつとめ、通親が序代《じょのだい》▲を書いている。定家の歌は次のとおりである。

寄社祝
あひおひのひさしき色も常盤《ときわ》にて　君が代まもる住吉の松

初冬霜
冬やきたる夢はむすばぬさ衣《ごろも》に　かさねてうすきしろたへの袖《そで》

定家は住吉の神が君の代を守ってくれているとよみ、「感歎の思、禁じ難し。定めて神感有らんか。今この時に遇ひ、この社を拝す、一身の幸也」と、万感の思いを記している。しかし喜びはここまでのことで、病と疲労とによる旅の辛さをつぎつぎと書き記すことになる。

▼**序代**　和歌の序文、はしがき。

王子に奉納する歌

若くて元気な上皇は、王子に芸能をささげ、熊野をめざしていった。七日に池田王子に参拝した上皇は、王子で聞いた琵琶法師《びわほうし》に小袖の襖《ふすま》をあたえ、糀井《もみい》王子で奉幣したときにも、里神楽、乱舞拍子《びょうし》・白拍子《しら》・相撲三番を奉納し、続いて厩戸《うまやど》王子の近くの厩戸御所において歌会を開いている。二首が披講されたが、定家は、上皇の歌はここでも殊勝であったと記し、このときによんだ自身の歌を日記に書きつけ、さらに当座の和歌もよまれたとしている。

暁初雪

色々のこのはのうへにちりそめて　雪はうつますしの、めのみち

この歌会でよまれた歌は参拝をすませた糀井王子にささげられたが、このちも王子にささげる歌はいずれも王子を参拝したあとに開かれた歌会でよまれている。これは王子では歌会を開くような場がなかったためとも考えられるが、それならばあらかじめよんでおいてささげてもよいであろう。しかしそうしてはいない。

上皇は王子に参拝したのち、みた夢や神託にそって、和歌の会を開いたと考

▼**五体王子**　熊野九十九王子のなかで、社殿や堂舎・宿所などの諸施設が整った拠点的王子。

えられる。歌会を予定していた場合であっても、歌の題は夢のなかで神からあたえられたのであろう。

八日に和泉《いずみ》国から紀伊国にはいって、定家は日前宮への奉幣の使者をつとめたのち、藤代宿《ふじしろしゅく》にはいって泊った。翌朝に、藤代王子で経供養や白拍子が行われ、王子のなかでも主要な「五体《ごたい》王子▲」ということから相撲なども行われた。

ここからの道は「崔嵬殆《さいかいほとん》ど恐れ有り」という難所であったが、その眺望ははるかに海がみえて、興があったという。やっと湯浅《ゆあさ》宿に着いて宿泊することになるが、そこに家長《いえなが》から題が送られてきたので、詠吟《えいぎん》したものの、疲れていてどうしようもなかった。それでも参上すると、また歌会の講師を命じられている。

この和歌会は「藤代王子和歌会」と称され、参拝をおえた藤代王子の神に歌がささげられた。そしてこの九日からも苦難が続いた。十日には雨が襲い、山をよじのぼる道は「崔嵬嶮岨巌石《けんそがんせき》」に満ち、やがて樹木が繁った道となったがとても狭く、木の枝を伐採しながらの歩行であった。宿にはいったものの、そこを追い出されてしまうなど、定家には難儀が続いていたが、若い上皇は深淵《しんえん》に臨んだ御所で水練を行っていた。

十一日に熊野の御山の出入り口にあたる切目《きりめ》王子▲を参拝し、海辺に臨む宿所では塩垢離《しおごり》をかいたが、「病気不快、寒風枕に吹く」と悩まされ続ける。十二日に磐代《いわしろ》王子に到着すると、ここでは拝殿《はいでん》の板に御幸の人数を記すのが先例となっていて、番匠《ばんじょう》(大工)が板にカンナをかけ、同行の人の名が記された。

上皇の先達や導師の名に始まり、通親以下の公卿や殿上人・上北面・僧などの名が順に書かれた。やがて浜辺の美しい千里浜《せんりはま》をへて田辺《たなべ》の宿所にはいったところで、定家は昨夜からの寒風によって「咳病《がいびょう》忽《たちま》ち発《おこ》り、心神甚だ悩し」という状態になった。

熊野の神への祈り

十三日からは海に別れを告げ、中辺路《なかへち》▲を本宮《ほんぐう》へとめざしてゆくことになる。川沿いにいく道は、時に「紅葉《こうよう》」の「景気殊勝《けいきしゅしょう》」ではあったものの、股にまで水に浸かって河を渡ったり、「崔嵬嶮岨」な山路をのぼったりして、やっと滝尻《たきじり》の宿所にはいった。定家はここから輿に乗って進むことになるのだが、それは「崔嵬陂池《ひち》、目眩転《めげんてん》、魂恍々《たましいこうこう》」という険阻な道であったためや、川を渡るときに足

▼切目王子　五体王子のうちの一つ。熊野三山《さんざん》の出入り口とされ、帰りにはここで熊野の霊木《れいぼく》の梛《なぎ》の葉を頭に翳《かざ》して、霊力が落ちないようにしていた。

▼中辺路　熊野にいく一般の参詣人は伊勢からまわる伊勢路と和泉・紀伊をまわる紀伊路を用いたが、そのうちの紀伊路のうち田辺から本宮にいく道を中辺路と称した。田辺では潮《しお》で身を清めて、本宮に向かったのである。

をいささか損じたためであったことによるのだ、と弁解している。実はここから難所が続くので、あらかじめ熊野の僧に頼んでおいたものらしい。

十四日に近露《ちかつゆ》宿所にはいったところで、ふたたび題が人びとにあたえられ、歌がよまれた。これが「滝尻王子和歌会」であって、定家の歌は次のとおり。

峯月照松

さしのほる君をちとせとみ山より　松をそ月の色にいてける

浜月似雪

雪きゆるちさとの浜の月かけは　空にしられてふらぬ白雪

十五日には、いよいよ本宮の近くにある発心門《ほっしんもん》王子▲に到着したので、そこで定家は宝前で信心を発し、これまでの山路の風景を振り返り、その門柱に詩と歌とを書きつけている。このときから定家は、上皇の御幸の供奉から離れ、独自の行動が多くなっている。定家にも私的に先達が付き添っており、その指示にそって参拝してゆくのである。

十六日、天は晴、払暁《ふつぎょう》に発心門王子をでた定家は、祓殿《はらいどの》王子から歩いて、ついに本宮の宝前に一足先に到着した。「山川千里を過ぎ、遂《つい》に宝前を拝し奉る、

▼**発心門王子**　五体王子の一つ。熊野の神域の入り口であることを示す大鳥居があった。

▼**証誠殿**　本宮の熊野坐神《いますのかみ》をまつる神殿で、阿弥陀仏《あみだぶつ》を本地《ほんじ》として崇められた。なお新宮の本地は薬師如来《やくしにょらい》、那智宮《なちのみや》の本地は千手《せんじゅ》観音《かんのん》として崇敬された。本地とは、神仏習合《しんぶつしゅうごう》により仏が神の姿をして俗界に向かいあっていることの本来の姿という考え方。

感涙禁じ難し」と、感涙して記している。すぐに定家は戻って、上皇の御幸を待ち、今度はその伴をしてふたたび本宮の宝前に参った。

やがて上皇の奉幣が始まった。まず証誠殿《しょうじょうでん》▲、つぎに新宮と那智《なち》の神をまつる両所、続いて若宮殿《わかみや》、一万《いちまん》・十万《じゅうまん》御前と、御拝・御幣がたてまつられ、さらに経供養が礼殿《らいでん》において公胤法印《ほういん》を導師として行われた。定家は殿上人として布施《ふせ》をとって僧らに渡して退いたため、このあとに奉納された舞や相撲をみていない。「咳病殊に更発《こうはつ》し、為方《せんかた》無し。心神無きが如し。殆ど前途を遂げがたく、腹病等競合《きょうごう》す」と、病状の悪化をなげいている。

翌十七日には、多くの山伏《やまぶし》たちに米をほどこす芝僧供《しばそうぐ》が行われているあいだに、定家は独りぬけだして本宮の御前《ごぜん》に参って礼拝し、「出離生死《しゅつりしょうじ》・臨終《りんじゅう》正念《しょうねん》」を祈っている。定家が列席していないあいだに種々の御遊があり、先達らによる験競《げんくらべ》も行われたという。

十八日、河原にでて乗船し、河をくだって新宮に参った。本宮と同様に奉幣、経供養があり、乱舞、相撲が奉納されたあと、御所で和歌会があった。翌十九日には海辺の道を那智宮に向かい、「山海眺望」に興を覚えつつ、那智宮に着いている。まず滝殿《たきどの》▲で拝礼をし、その後、ここでも奉幣、経供養、験競が行われ、和歌がよまれた。

熊野三山の参詣をおえると、帰京の道は熊野でえた霊験を失うまいとするかのごとくに急いだ。二十日に本宮、二十一日に近露、二十二日に切目、二十三日に湯浅、そして二十四日には水無瀬の近くの山崎に到着し、二十六日に上皇は鳥羽の精進屋にはいって、稲荷社《いなりしゃ》に御幸して御拝、御経供養を行ったのち、二条殿に戻っている。

定家はこれらに供奉したのち、そのまま日吉社《ひえしゃ》に参詣している。「私の宿願」であったというのだが、これは熊野御幸に供奉したことから、官位昇進を望んでのものであったろう。翌日には熊野道のあいだに使用した雑物をすべて水洗し、先達のもとに送っている。

▼**滝殿**　那智の滝を信仰の対象として参拝するための拝殿。

⑥──勅撰和歌集への道

撰集の開始

建仁元《けんにん》(一二〇一)年十一月三日、上皇《じょうこう》の命を伝える院宣《いんぜん》が定家のもとに到来し、「上古《じょうこ》以後の和歌、撰進すべし」との命が伝えられた。『拾芥抄《しゅうがいしょう》』▲には「右中《うちゅう》弁長房朝臣奉書《べんながふさあそんほうしょ》、蔵人頭通具《くろうどのとうみちとも》朝臣・定家朝臣・家隆《いえたか》・雅経《まさつね》、上古以来の歌、選進すべきの由、これを奉る」とある。上皇は和歌所の寄人《よりうど》のなかから五人を選んで撰集事業の遂行を命じたのである。

上皇の和歌の詠み始めからかかわってきたのは、通親《みちちか》と寂蓮《じゃくれん》の二人であったから、寂蓮が選ばれたのは順当であった。通親も選ばれるはずであったが、要請された通親は、大臣が撰者になった例はないと断わり、かわりに子の通具を推薦して通具がはいったという。通具はこれまでも実績が少なく、初めから選ばれた可能性は低い。これに対して歌人としての実績を上皇に認められて選ばれたのは有家《ありいえ》・定家・家隆・雅経の四人であった。

和歌の撰集作業が開始されてはじめての本格的な歌合《うたあわせ》となる影供《えいぐ》歌合は、十

▼『**拾芥抄**』　南北朝《なんぼくちょう》期に成立した百科全書的書物。図入りでさまざまな事象を解説する。

二月二日に鳥羽殿《とばどの》で行われた。『新古今和歌集《しんこきんわかしゅう》』の撰者に選ばれたた新宰相《しんさいしょう》中将《ちゅうじょう》通具が勧盃《けんぱい》を、同じく雅経が講師をつとめ、隆信《たかのぶ》・有家・定家らが召されて勝負の評定《ひょうじょう》がいつものように行われた。定家が三日にも鳥羽殿に参ったところ、上皇は小弓《こゆみ》の遊びをしていたので用もなくて退出し、五日までは鳥羽殿に参っていた。

六日には、ふたたび日吉社《ひえしゃ》に参詣し、夜には宮廻《みやめぐり》を行って通夜し、翌日も終日の写経のあと、夜は宮廻と通夜、八日にも終日の写経など、七日間におよぶ参籠となった。ここでも定家が願ったのは、来たる二十二日の除目《じもく》においてしかるべき官職に就くことであった。

今度、もし恩にもれたならば、いよいよ恥を増すであろう、恩はあっても心中は面目でないと思ってはいるが、まして恩がなければ、近日出仕し人びとと交わっても恥辱《ちじょく》を増すのみであって、出仕の思いをとどめたいのだ。だが、子の将来のことを考えると、そういうわけにもいくまい、と記している。

定家は今までは自分の出世のことを願っていたが、子為家《ためいえ》の将来を考え、世人と交らい、為家の未来が開かれるように行動しはじめたのである。熊野御幸《くまのごこう》に苦難を押して供をし、命じられるままに歌をよみ、『新古今和歌集』の撰者に指名されるなど、上皇によく仕えてきたのであるから、きっと御恩があたえられるにちがいない、と強く願っての参籠であった。

十日に定家の仕えていた兼実《かねざね》の妻がなくなったが、それにもかかわらず京には帰らず、十一日には大願が成就するという夢をみて、十二日に写経の第八巻をおえて所願を果たすと、京に帰ったのである。だがまたしても定家の希望がかなえられることはなかった。

水無瀬釣殿での試み

翌年二月になると、三体和歌▲の企画など上皇があらたな試みを行うと、定家はこれに応じて相応に付き合っていたが、なにかと浮かない日々が続いていた。その五月二十八日、定家は鳥羽にいって乗船し、雨風の烈しいなか、舟中で水干《すいかん》に着替えて水無瀬《みなせ》の御所《ごしょ》に参ったところ、すでに近臣《きんしん》たちが伺候《しこう》していた。定家は列席したものの、子の病気を思い、貧しく老いたわが身をかこつ悲しい思いからよんだのが次の歌である。

▼**三体和歌**　春と夏の歌を太く大きく、秋と冬の歌を細くからびて、恋と旅の歌を優しくよむという、三体によむ試み。

▼**藤原清範**　?〜一二一三。後鳥羽上皇に仕える能書。北面の武士から取り立てられた。『新古今和歌集』の清書を行う。

行蛍《ゆくほたる》なれもやみにはもえまさる　子を思ふ涙哀《あわ》れしるやは

六月二日にふたたび水無瀬に参ったところ、白拍子《しらびょうし》が新しい装束《しょうぞく》で着飾って舞が行われていたので、定家はなにをすることもなくさがった。慨嘆《がいたん》することしきりの定家であったが、六月三日に御所に参上すると、上皇から題が示され、詠進《えいしん》するようにと伝えられた。そこで歌をよむと、通親がその歌をみて、すこぶるよくできている、という感想を述べ、しばらくして上皇に進めた。

やがて、今日の歌はことによろしい、という上皇のおおせが伝えられ、「御製は未だ出来せず、明後日ばかり沙汰《さた》有るべき也」と、上皇の歌はできていないので、後日に沙汰があるという知らせがきた。その二日後、上皇の歌を藤原清範《きよのり》▲が持参し、一見を加えて返上するように命じられたので、定家は拝しみて、「久恋《ひさしきこい》」の歌が殊勝である、と奏している。

ここにおいて水無瀬御所は、それまでの遊宴の空間のみならず、和歌の文化空間として用いられるようになったことがわかる。上皇はこの場で定家に歌の提出を求め、それに対抗するわが歌を釣殿《つりどの》においてよんだばかりか、それだけに終らずに、よまれた歌を歌合にして勝負と判《はん》をつけて『水無瀬釣殿六首歌合』

を編んだのである。十五日にこれをみた定家は「面目過分にて、畏み申す」の由を申している。

その間、水無瀬では川の水かさが増して洪水の恐れが生じ、七日には御所まで水に浸かってしまったが、上皇は舟に乗って遊覧するというありさまで、十日には「水御遊」を行っている。そこに召し集められた白拍子女が六〇余人が参入すると、五人が選ばれ、ほかは帰洛するように命じられている。

十一日に定家が出仕すると、長房から明日は狩があることを告げられ、留守を命じられた。そこで「旅亭晩月明《あかるく》、単寝《たんしんに》夏風清、遠水茫々処《ほうぼうたる》、望郷夢未《いまだ》成《ならず》」など、詩歌を日記に記しつけ、都《みやこ》が恋しい、とよんでいる。

『水無瀬釣殿六首歌合』の題は、「河上夏月」「海辺見蛍」「山家松風」「初恋」「忍恋」「久恋」の六題で、上皇は定家を水無瀬に迎えて歌をよんだことによって、二人はますます親密な関係となっていったのである。

憂いと歎きと疲労と

七月になると二日に、『古今和歌集』『後撰《ごせん》和歌集』『拾遺《しゅうい》和歌集』の各勅撰和歌集から各五首を撰んで進めるようにという院宣が定家にもたらされたので、すぐに提出している。「家長奉書云、古今・後撰・拾遺歌各五首(都合一五首)、午《うまの》時《とき》以前可撰進」と、『明月記《めいげつき》』にみえるものだが、その院宣が日記から剝がされて今に伝えられている。その院宣を掲げる。

古今　後撰　拾遺

右集中、殊謌《ことなるうた》各五首(通合《つごう》一五首)、撰出《えらびいだし》て当日午刻、可令書進給《かきまいらしめたまふべき》之由、
所候也、仍執達如件《よってしったつくだんのごとし》、

七月二日　卯刻　　右馬助家長奉《いえながほうず》

謹上　権少将《ごんのしょうしょう》殿

奉者の「右馬助家長」は上皇側近の歌人家長であるが、これがいつの日記から剝がされたのかを調べてみたところ、建仁二(一二〇二)年七月十九日条から二十三日条の紙背《しはい》から剝がされたものであることがわかった。

七月二十日、定家が院に参ったところ、寂蓮が逝去したことを子の天王寺院《てんのうじいん》主《しゅ》が通親に伝えてきたという知らせを、左中弁藤原長房から受けた。驚いた定家は、このことを聞いていなかったため、軽服《きょうぶく》▲の身となっていたことに気づい

▼**軽服**　軽い喪に服すること。重いほうを重服《じゅうぶく》という。

て退出し、寂蓮の死についての感慨を次のように記している。

その「浮生《ふしょう》の無常」は驚かないにしても、今このことを聞くと、「哀慟《あいどう》の思ひ」は禁じがたい。幼少の昔から久しく相馴れ、和歌の道においては他の人を傍輩《ほうばい》と頼むことがなかったことを思うにつけ、この「奇異の逸物《いつもつ》」が今ここになくなったのは、道のために恨みとなり、わが身にとっても悲しい。

こうなげいた定家であったが、その日には大々的な除目の噂が流れていたので、定家はこれまでの実績を踏まえて、二十二日に、通親に「転任所望の事」の申文（次ページ写真下参照）を提出し、兄との関係から昇進が遅れがちであるとして、中将に任じられるか、内蔵頭《くらのかみ》に任じられるか、はたまた右馬頭《うまのかみ》・大蔵卿《おおくらきょう》でもよいので、とその希望を記すとともに、仮名《かな》の書状をも認めて、上皇に大きな影響力を有する卿三位《きょうさんみ》藤原兼子《かねこ》▲にも希望を伝えた。

買官が横行している状況ではむずかしい、とも自認しつつも、人事の結果を待っていたのであるが、やはりその希望は受け入れられなかった。この二十三日の除目は、きわめて大がかりであって、上皇の近臣《きんしん》で卿三位の夫となっていた藤原宗頼《むねより》▲が大納言《だいなごん》に昇任し、藤原定輔《さだすけ》、源兼忠《かねただ》、公経《きんつね》らが中納言《ちゅうなごん》に任じられ

▼**藤原兼子**　一一五五～一二二九。鎌倉前期の女性政治家。後鳥羽上皇を幼いときから卿局《きょうのつぼね》の名で育て、人事に辣腕をふるい、三位、二位に位が上昇、藤原宗頼、藤原頼実《よりざね》を夫として上皇を後見した。

▼**藤原宗頼**　一一五四～一二〇三。鎌倉前期の政治家。八条院に仕えて頼朝の推挙で蔵人頭となってからは、九条兼実や後鳥羽上皇に仕え、藤原兼子を妻として上皇を後見した。

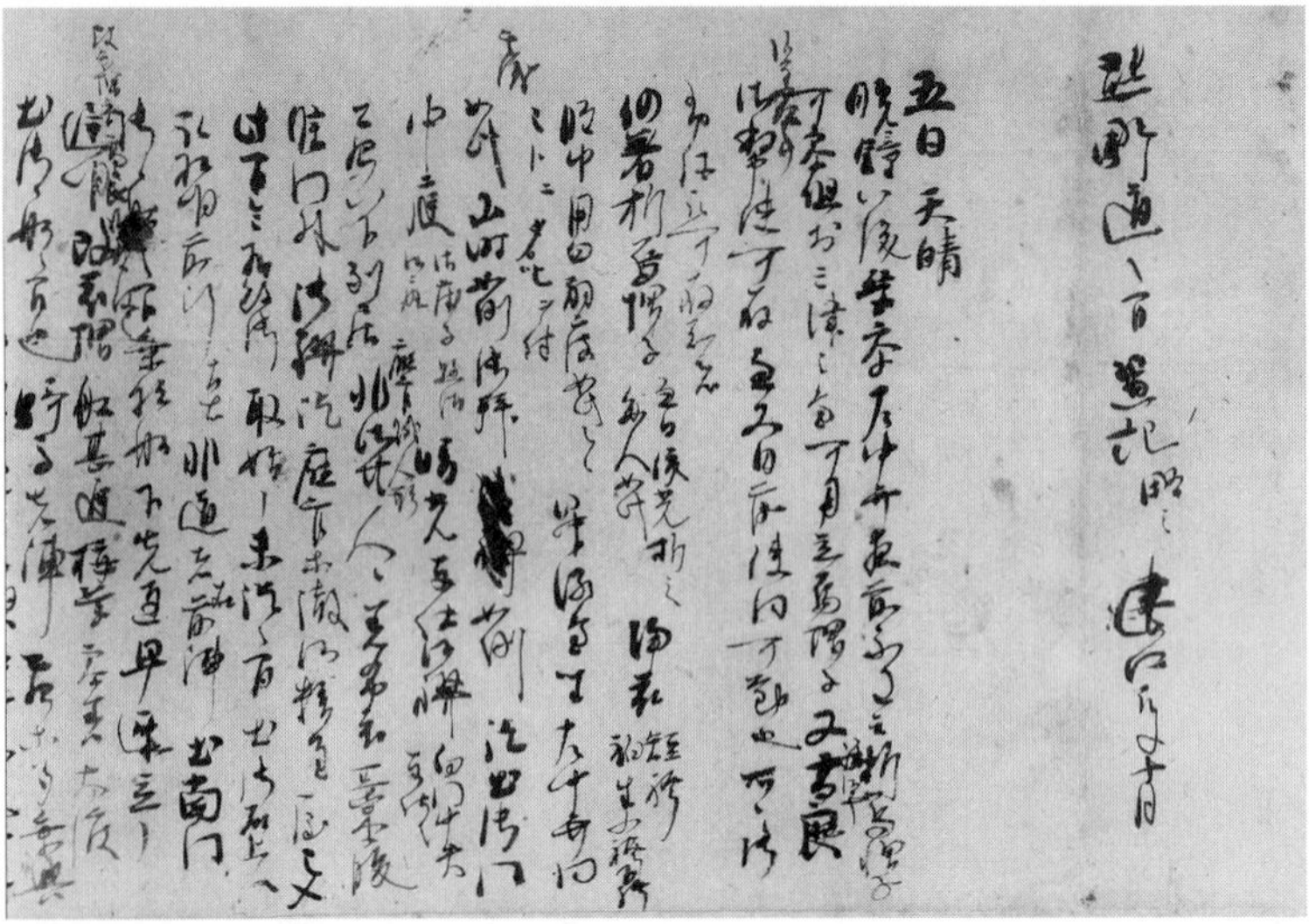

『熊野御幸記』(藤原定家筆。48ページ参照)

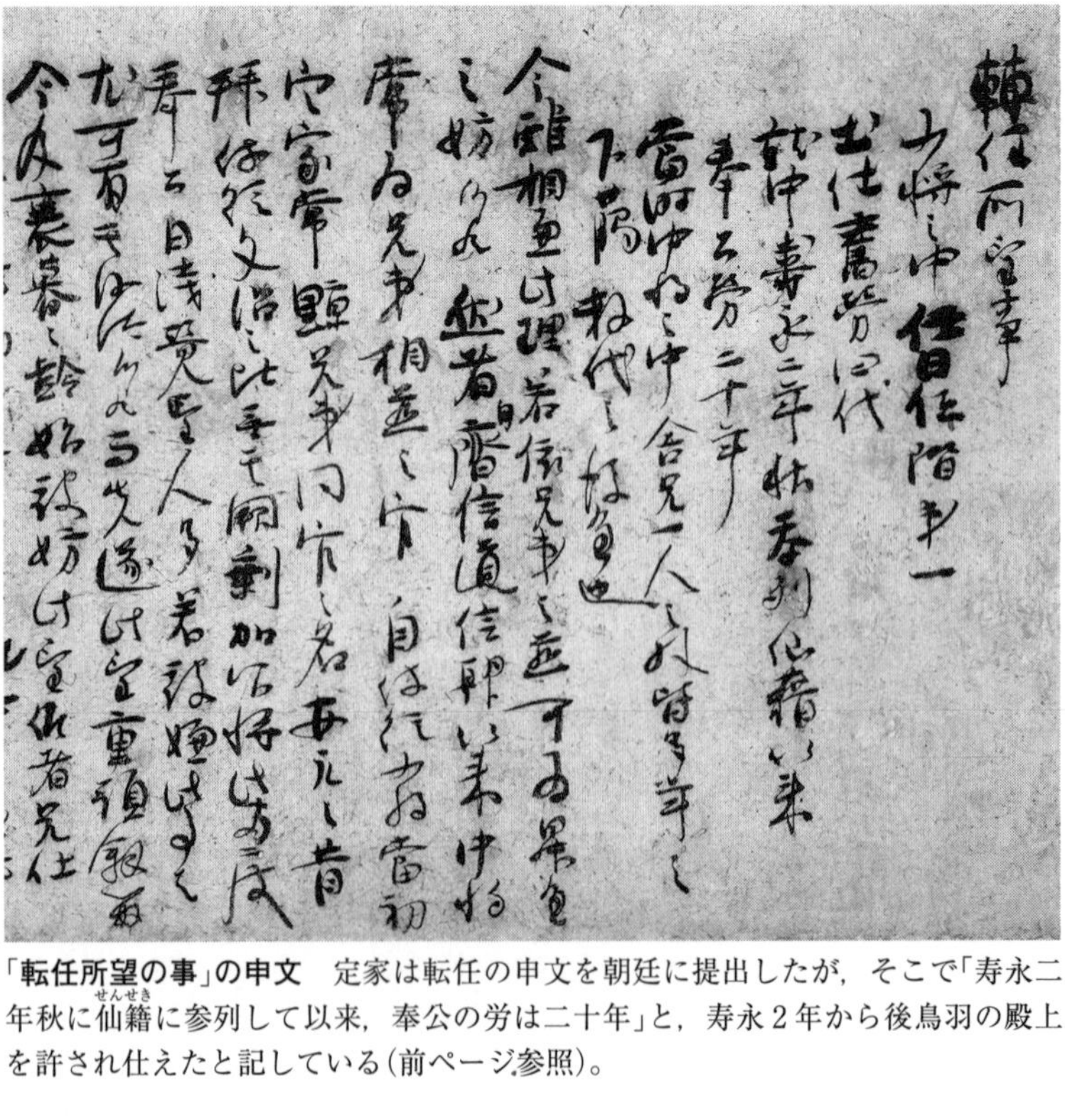

「転任所望の事」の申文　定家は転任の申文を朝廷に提出したが，そこで「寿永二年秋に仙籍《せんせき》に参列して以来，奉公の労は二十年」と，寿永２年から後鳥羽の殿上を許され仕えたと記している(前ページ参照)。

るなど、院近臣が広く官位の上昇をとげ、また関東の源頼家《みなもとのよりいえ》が征夷大将軍《せいいたいしょうぐん》に任じられたのである。

頼家は頼朝《よりとも》の跡を継承していたが、これまで征夷大将軍には任じられていなかった。ここに関東と京との交渉が密になってゆき、八月七日ごろに皇居警護の大番役《おおばんやく》の武士が大挙して上洛《じょうらく》している。それとともに定家のもとには、和歌を好む関東の武士の子が弟子入りするようになった。官職の希望がかなわなかった定家は、関東との接触をはかってゆくことになる。

八月十日に「三首歌合」の題をあたえられた定家は、翌日に二条殿《にじょうどの》御所に参ってその新宮《しんぐう》に詣でると、家長を通じて思うところを神に祈っている。神に歌の賞による昇進を祈ったのであろう。この春からの上皇との関わりから、和歌の神はきっと納受してくれる、と思ってのことであった。

このように不遇をなげきつつも定家は撰歌の作業を続けてゆくが、八月十三日には撰歌のために眼精疲労《がんせいひろう》を起こし、目が腫れ出仕をやめざるをえなかったこともあった。

⑦ 撰集と停滞と

通親の死と定家の昇進

官職の昇進が停滞していた定家にとって、転機があらわれたのは、源通親《みなもとのみちちか》が突然建仁《けんにん》二（一二〇二）年十月二十日になくなったことによる。治承《じしょう》・寿永《じゅえい》の戦乱をへて今の平和な時代が到来するまで、一貫して後鳥羽上皇《ごとばじょうこう》を支え、政治を切り盛りしてきていたから、上皇にとっては、禁裏《きんり》・院中《いんちゅう》などつねに諸事を沙汰《さた》し、上皇に奉仕してきた通親の存在はすこぶる大きかった。

兼実《かねざね》をはじめとする九条家《くじょうけ》が、幕府《ばくふ》との協調関係を築き、政治の安泰をもたらそうとする政治姿勢をとったのに対し、通親は朝廷《ちょうてい》の政治の独立性を志向してきた。上皇が和歌をよむようになったのも、その和歌をよむうえでのさまざまな便宜を提供したのも通親である。「和歌の道」が通親の死によってすたれる、とさえ思われたという。

朝廷ではあらたな動きが始まった。通親の跡の源氏《げんじ》の長者には大納言《だいなごん》源通資《みちすけ》がなり、今まで通親におさえられていた九条家周辺の動きが活発になった。定家が閏《うるう》十月二十四日に待望の中将《ちゅうじょう》になったのもその一つの現れである。通親によって定家の転任は認められてこなかったが、その死によって中将になることが認められたのである。

九条家はさらに奪われた摂関《せっかん》の地位の奪還へと動く。十一月二十七日、摂《せっ》政《しょう》基通《もとみち》の氏長者《うじのちょうじゃ》がとめられて良経《よしつね》にあたえられ、内覧《ないらん》の宣旨《せんじ》がくだされるところとなる。慈円《じえん》は宇治《うじ》の平等院《びょうどういん》の検校《けんぎょう》に任じられ、この平等院の境内に院の新御所を造営し、上皇を迎え入れることになる。通親にかわって、九条家が上皇を支える道を求めていったのである。

中将になった定家は、さらに官職の上昇を望んで、除目《じもく》があるたびにその結果に一喜一憂していた。望むは蔵人頭《くろうどのとう》であったが、藤原実宣《さねのぶ》▲・経通《つねみち》らがそれを望むのを知り、翌年二月三日には「天下の貴賤《きせん》、或は身の望みを申し、或は子息を挙げて、東西奔走、予独り絶望、浮生《ふしょう》幾春」と記している。だが、この述《じゅっ》懐《かい》の言葉自体は評価されたにもかかわらず、官職の上昇は認められず、心外な気分であったであろう。

その翌年、熊野《くまの》御幸《ごこう》にでかけた上皇は、四月十一日に都《みやこ》に帰ると、家長《いえなが》を通

▼**藤原実宣**　一一七七〜一二二八。鎌倉初期の政治家。公時《きんとき》の子。子の妻を北条《ほうじょう》氏から迎えて蔵人頭にさせた。滋野井《しげのい》家を形成。

じて勅撰《ちょくせん》集の撰歌を二十日までに提出するように命じてきた。十八日から急ぎ書きはじめた定家は、十九日に源通具《みちとも》からは提出があったと聞き、ようやく二十日の午刻《うまのこく》(正午)に提出している。他の撰者がいつ提出したのかは不明だが、なにかと最後まで凝《こ》る定家であれば、他の撰者はこれ以前には提出していたことであろう。なお撰者はみずからの歌は提出しないことになっていた。

八月六日には、上皇は俊成《しゅんぜい》の九十歳の賀を祝う屛風歌《びょうぶうた》をよむよう定家に命じている。『古今《こきん》和歌集』の時代に、紀貫之《きのつらゆき》によってよまれた屛風歌を勅撰集に撰ぶなかで、上皇は屛風歌を企画したのであった。そこで目につけたのがこの年に九〇歳になった俊成の存在であって、その賀の屛風を企画することになったとみられる。

この要請に俊成は辞退したが、企画は進められてゆき、十四日に屛風歌を今日中にだすように歌人に命じている。作者は「親定《ちかさだ》▲(御製)・殿下・大僧正《だいそうじょう》(慈円)・有家《ありいえ》・定家・雅経《まさつね》・讃岐《さぬき》・丹後《たんご》・宮内卿《くないきょう》・俊成卿女」で、翌日に屛風歌が撰ばれた。この動きをとらえた定家は、院の御厩《みうまや》に伺候《しこう》したいと上皇に申し出て、九月二十八日に認められ出仕している。厩御所《ごしょ》▲は上皇が近臣と親しく交わ

▼**親定**　後鳥羽上皇は歌合に女房のほか、親定の名でも出詠していた。

▼**厩御所**　馬を飼う厩にともなって設けられた御所。芸能の輩《ともがら》が伺候して、堅苦しくない交流の場となった。

りをもつ場であって、ここに定家は明確に上皇の近臣となったのである。

俊成の九十の賀

修理していた二条殿《にじょうどの》の修造が十一月九日になったので、定家が良経の供をして赴いたところ、それは新造のようであって、「善を尽くし、美を尽くした」ものであったという。その二条殿の寝殿《しんでん》の広御所《ひろごしょ》におかれた和歌所が賀の行事の場とされた。屏風は延喜《えんぎ》十三(九一三)年に醍醐《だいご》天皇が尚侍《ないしのかみ》の四十の賀の際に作成した例にならって四帖制作され、それらには春夏秋冬の四季が各一帖に割りあてられ、上皇以下の歌仙《かせん》がよんだ歌が選定され、その歌にあわせた絵を絵師が描き、さらに和歌を書いた色紙形《しきしがた》が貼られた。

上皇は屏風に貼る色紙形に和歌を書くよう良経に命じ、辞退する良経に対しては、屏風は俊成に下賜するのではなく、御所に備えるものと説明し了承させている。屏風の春の帖には良経・上皇・有家の歌が撰ばれ、夏の帖には忠良《ただよし》・雅経・讃岐、秋の帖には宮内卿・上皇・慈円、冬の帖には宜秋門院《ぎしゅうもんいん》丹後、俊成卿女、定家の歌がそれぞれ撰ばれた。

屛風に囲まれて、上皇の座と俊成の座とが設けられ、俊成の座の前には俊成に賜る法服の装束と鳩杖《はとづえ》がおかれた。その法服は慈円が用意したもので、鳩杖は八〇歳以上の長寿の功臣に賜う杖であって、このたびの杖は銀製で竹の形をしていて、頭に鳩形の飾りがあった。

上皇が出御すると、子の三位《さんみ》藤原成家《なりいえ》▲と中将定家の二人に助けられて俊成が入場したが、そのようすについて家長は、「たとしへなく老かがまりあへるに、心くるし、世になからへけるは、けふをまたれたると、哀にかたじけなくみえ侍き」「しとねの上にかがまり居られたりし法服姿、いつ忘るべしともおぼえず」と記している(『源家長日記《みなもといえながにっき》』)。老いの身になっての、このような晴れやかなさまは忘れえぬ記憶であったろうと感想を述べている。

宴が終っての御遊のあとに和歌がおかれていった。上皇の歌に続いて、序者《じょしゃ》である参議左大弁《さんぎさだいべん》日野資実《ひのすけざね》▲の歌、これに俊成の歌が続き、摂政良経以下二〇人の歌がおかれた。いずれも俊成の長寿と上皇の御代の長久を寿《ことほ》ぐ歌からなる。

その翌朝、院の使者が鳩杖と法服を俊成のもとに届けられ、人びとからは祝の歌がよせられ、御子左《みこひだり》家の栄光の日となった。なお、この賀を契機にして俊

▼**藤原成家**　一一五五～一二二〇。鎌倉前期の貴族。俊成の子、定家の兄。定家は父と同居することの兄がいたために官位が上昇しないことをなげいていた。

▼**日野資実**　一一六二～一二二三。鎌倉初期の政治家・学者。兼光《かねみつ》の子。日野家を継承し、後鳥羽上皇や九条良経に漢詩文をもって仕えた。

「俊成九十賀図」

源通親（「天子摂関御影」）

成は第一線を退いている。

行事そのものは上皇にとっても、広く文化的存在を天下に示すことになり、また摂関家にとっても、上皇に奉仕することにより、上皇との政治の連携を示すものとなった。

撰集の進捗と父の死

翌年四月十日の除目では、朝廷と関係の深い幕府の大内惟義《おおうちこれよし》▲や源光行《みつゆき》▲が正《しょう》五位下《ごいげ》に叙されるなど、幕府勢力が多く官位をえることになったが、これは上皇が積極的に幕府との結びつきを強化していたことによる。

それに引きかえ定家は蔵人頭になることを望んだものの、認められず、多くの「無才」の人びとの官位が上昇するのをみて非難の言葉をあびせて、「末代の人、才学無益也」と記し、さらにこうも不満をぶちまけている。

在朝の中将は皆人に非ず、或は放埒《ほうらつ》の狂者《きょうしゃ》、尾龍《びろう》の白痴《はくち》、凡《およ》そ卑《いや》しき下臈《げろう》は上臈を超ゆべからず、非器の上臈、昇進の道理無きの由、評定《ひょうじょう》すと云々。除目ごとに剰加《じょうか》は五十人、末代の中少将は疋夫《ひっぷ》に異ならず、両箇の所望、

▼**大内惟義**　生没年未詳。鎌倉初期の武将。義光《よしみつ》流の源氏の家を継承し、幕府の畿内《きない》近国の守護《しゅご》となり、後鳥羽上皇にも近くに仕えた。

▼**源光行**　一一六三〜一二四四。鎌倉前期の古典学者。鎌倉幕府に仕えて実朝の学問に影響をあたえるとともに、京にのぼって後鳥羽上皇に仕えた。

遂に以《もっ》て許されず、兼定・盛経、成業・非成業、漢字を書かざるに、商賈《しょうこ》の力、造作の勤めにより加任す。

定家にとって、和歌の賞をあたえられなかったことがよほど悔しかったのであろう。無能な者、卑しい者が金の力で昇進していると、当り散らしている。

秋になると、いよいよ勅撰和歌集の撰集が本格化し、撰者による精選が続けられるなか、八月二十二日に定家は左金吾《さきんご》(公経)亭においてあらぬ噂《うわさ》を耳にした。それは近日、家長らが定家を讒言《ざんげん》したため、上皇の機嫌が不快であるという。定家が上皇の御点を誹《そし》り、歌の善悪は定家一身がよく知っている、と誇っていたなどの噂であった。新大納言藤原公房《きみふさ》がこれを聞いて、定家は和歌に自讃の気色がある、と語ったともいう。

こうした噂があるなかでも撰集作業は進められ、二十四日、二十九日と和歌の部類が行われていった。九月十六日に上皇は熊野《くまの》に詣でているが、ここでも勅撰和歌集の完成を祈ったことであろう。その最中の九月二十四日に撰集作業を求められた定家は、「近日和歌の部類、毎日催すと雖も、所労術無きの由、披露す。万事興無し、交衆《きょうしゅう》甚だ無益」と記し、部類に人びとと従事することに興がないと愚痴っている。

元久元《げんきゅう》(一二〇四)年十月に坊門《ぼうもん》前大納言(信清《のぶきよ》)の息女が将軍家御台所《みだいどころ》としてくだることが鎌倉《かまくら》に伝えられて、上皇と、あらたに将軍となった源実朝《さねとも》▲との関係が築かれてゆくが、やがて十一月二十六日に齢《よわい》九一におよんでいた俊成が重病に陥った知らせが、同居する兄の成家から定家によせられた。

すこぶる熱があり、顔が腫れ飲食もとれないような状態という。二十七日には少しよくなり和歌についての話もあって、心配してかけつけた人びとを安心させたのに、二十八日にはもう頼みがないといわれ、二十九日に危篤に陥った。病人はしきりに雪を求め、手にはいらないというと怨む始末、定家の家人《けにん》が北《きた》山《やま》からさがしてきてなんとか用意して、俊成に授戒《じゅかい》がなされた。しかし三十日になって使者が来たので、定家が急いでかけつけたときには、すでに息を引きとっていたという。

最期を看取った姉の健御前《けんのごぜん》▲がいうには、夜中に雪を献じたところ、ことに喜ばれ、しきりに召されて、「めでたき物かな、猶えもいはぬ物かな」と語り、なおも召して、「おもしろいものかな」というので、人びとは恐れをなして隠した

▼**源実朝**　一一九二〜一二一九。鎌倉幕府の第三代将軍。頼朝と政子の子で、時政《ときまさ》に擁立されて将軍となる。後鳥羽上皇の政治と文化に憧れ、朝廷の文化を積極的に取り入れたが、公暁《くぎょう》に殺害された。「世の中はつねにもがもな渚《なぎさ》漕ぐ海女《あま》の小船の綱でかなしも」。

源実朝(『光琳カルタ百人一首』)

▼**健御前**　一一五七〜?。俊成の娘、定家の姉。後白河法皇の后《きさき》建春門院《けんしゅんもんいん》に女房として仕えたのち、鎌倉時代には八条院《はちじょういん》に仕えた。定家の求めに応じて『建春門院中納言《ちゅうなごん》日記』を著わした。

ところ、夜半にまた召しだし、感じいっていたという。その後、休まれ、天明《てんめい》のほどになって「死ぬべくおぼゆ」と語って、『法華経《ほけきょう》』普門品《ふもんほん》をよむなか、抱き起こされ、「御念仏、御気色」安穏に命をおえたという。

これまで定家をなにかと庇護していた俊成の死は、定家に大きな影響をあたえることになった。当面の問題は、『新古今和歌集』の編集が最終段階にはいっており、定家が喪に服すことでこれに従事できなくなったことであり、定家にとっても、また上皇にとっても痛手となったにちがいない。

さらに上皇にとっては和歌の師とあおいでいただけに俊成の死の痛手は大きかったが、それによって勅撰和歌集の編纂をやめることにはならなかった。むしろその恩にむくいるためにも、編纂の作業を急がせたのである。

▼**藤原親経**　一一五一〜一二一〇。鎌倉初期の政治家・儒者。俊経の子。

⑧—『新古今和歌集』の成立

撰集の最終段階

元久《げんきゅう》二(一二〇五)年になると撰集は最終段階にはいった。藤原親経《ちかつね》▲の手になる真名序《まなじょ》ができ、三月二日に定家が参院すると、勅撰《ちょくせん》和歌集に載る当世の人の歌の多少を上皇《じょうこう》に知らせるため、能書の人にそれを書かせていた。

そこに上皇から、巻の始めの歌のほとんどが故人の歌になっているのはよくないとして、定家、家隆《いえたか》、押小路《おしのこうじ》女房(俊成《しゅんぜい》卿女)ら三人の歌をいずれかの巻の初めにおくようにという指示がきた。この結果、家隆の歌が秋下の部、俊成卿女の歌が恋二、定家の歌が恋五の初めにおかれることとなった。次の歌は家隆と俊成卿女と定家のそれ。

下《した》もみぢかつ散る山の夕しぐれ　濡《ぬ》れてやひとり鹿の鳴くらん
したもえに思ひ消えなん煙だに　跡なき雪のはてぞかなしき
白妙《しろたえ》の袖《そで》の別れに露《つゆ》おちて　身にしむ色の秋風ぞ吹く

定家は、自分の歌が巻頭歌に選ばれて喜んだのだが、未練な人の歌が多くはいっていて、その歌が一〇首におよんでいることや、自分の歌が四〇余りあるのに、家隆の歌が二〇余りにすぎないのはどうしたことなのかと記し、また雑部三巻をみて、詞書《ことばがき》などをなおし、ある人が進めた歌にはまちがいが多い、とも記している。定家には不満が多かったようである。

三月四日に和歌所にいくと、『新古今《しんこきん》和歌集』に収録された歌数が計算され、「当世の作者の歌の大略」が「校合《きょうごう》」された。六日に目録取りが藤原宗宣《むねのぶ》、源《みなもとの》家《いえ》長《なが》らによって終了し、家長が撰歌と荒目録を御所に持参した。八日には目録と詞などがなおされ、ここにほぼ作業をおえたことから、誰の歌がどれほどはいったのかに関心が集まってきた。このころ定家は慈円《じえん》に次の書状を送っている。

人々の員数の事、又この集取り乱れ校合し候ふの間、目六《もくろく》他人沙汰《さた》し候ふ。仍て暗に覚えず候ふ。皆僻事《ひがごと》ニヤ候らん。西行《さいぎょう》九十五首か。御詠八十六首か。不分明に候ふ。

西行が九五首、慈円が八六首ほどはいったという。慈円は自分の歌が二番目に多く、現存歌人ではもっとも多いことを喜んだというが、慈円の歌が多くはいったのは哀傷や、神祇《じんぎ》、釈教部であるように、それは上皇の心の支えとなっていたことが大きかった。

三月九日、上皇から自讃歌を二〇首撰んで進めるように、数は加えずに代える、というおおせが定家にあった。定家から自分の歌のうちのよい歌がはいっていないことへの不満が示されていたことへの対応であろう。十日にも、歌一五首を書き進めるように、また示されてきたので、一〇首を書き進めたところ、二首は加えいれられたものの、八首はすてられたという。定家は「強《あなが》ちに召さるべからず」と不満を記している。

十三日になると、いよいよ上皇は日吉社《ひえしゃ》に三〇首の歌を、雅経《まさつね》を使者にささげることとし、その草稿を翌日になって定家と家隆にみせて意見を求めている。十六日に和歌所に定家が参ると、家隆や宗宣らがいて、定家の歌四首が切りだされ、二首がいれられたことがわかり、総計四一首がはいったという。

竟宴への不参加

三月二十日になって通具《みちとも》から定家に消息《しょうそく》が到来し、新古今の竟宴《きょうえん》を行うので、風情の歌一首を凝《こ》らし参るように、という上皇からのおおせが伝えられた。しかし定家は竟宴の先例がないことを述べて、不審である、と返答をしている。竟宴は延喜《えんぎ》の『古今和歌集』や天暦《てんりゃく》の『後撰《ごせん》和歌集』などにも先例がなく、『日《に》本書紀《ほんしょき》』▲編纂時に行われたことはあったが、そのときには『日本書紀』が講じられ、人別《にんべつ》に歌一首がよまれたとはいっても、それは講書の儀のようなものであって、今回の場合は似つかわしくない、と疑問を呈したのである。

おそらく上皇が竟宴を思いついたのは、和歌の撰集の作業を行うなかで、『日本書紀』講筵《こうえん》に際して開かれた竟宴においてよまれた歌をみつけたからであろう。二十一日の『新古今和歌集』の披露の日には、巻々の始めの歌をよみ、御遊や和歌会を行うことと定められた。しかし翌日、定家は良経《よしつね》に竟宴について得心していない、と訴えている。

定家は、清書はかなわないであろうし、仮名序《かなじょ》も間に合わないであろう、題については、『新古今和歌集』で功をおえたという歌でよろしく、とくに必要がないように思う、と申し、もし清書や序などが揃うのを待つのであれば、しばらく延期すべきである、と進言している。さらに定家は、近日は灸治《きゅうじ》によって出仕できないとも語って、その足で和歌所に参った定家は、巻々を校合して書

▼**『日本書紀』**　養老《ようろう》四(七二〇)年完成の勅撰の歴史書。神代《じんだい》から持統《じとう》天皇の代までを記す。

きだし、家隆とともに一〇余巻を見終え、文字を少々なおした。

二十六日に定家が良経邸に訪れたときも、竟宴に参るようにいわれたのだが、父の死にともなう復任のための儀を行っていないことを理由にあげ、ついに出席しなかった。その竟宴は、院御所《いんのごしょ》の京極殿《きょうごくでん》の広御所を場とし、殷富門院《いんぷもんいん》と東宮《とうぐう》が渡り、殿下良経、前太政大臣頼実《だいじょうだいじんよりざね》▲以下の公卿《くぎょう》が参列するなか、定家を除く撰者たちが出席し、文台《ぶんだい》には『新古今和歌集』がおかれ、その真名序がよまれ、春の部の始めの四、五首がよまれたあと、竟宴のための和歌がよまれた。

その翌日、儀式のようすを聞いた定家は、これには先例がなく、急遽行ったので万事に整っておらず、歌をよんだのも歌人ではなく、その撰は不審である、と相変わらずの批判をしている。主張が聞き入れられなかったのが、よほど悔しかったのであろう。

上皇が急いだのは、一つに延喜《えんぎ》五(九〇五)年四月十八日に『古今和歌集』が撰進されて、この年がちょうど三〇〇年にあたることにあった。しかしそれならば、もう少し待ってもよいのだが、おそらく上皇は春のうちに行いたかったのであろう。保元《ほうげん》三(一一五八)年に復活した内宴《ないえん》の詩の題に「聖化は春に生まる

▼**藤原頼実**　一一五五〜一二二五。平安末期・鎌倉初期の政治家。経宗《つねむね》の子。藤原兼子の後夫となって後鳥羽上皇を後見するも、定家にはいたくきらわれた。

る」とあり、また勅撰和歌集の歌も春に始まっている。定家が出席しなかったとしても、取りやめるつもりはなかったのである。

仮名序の成立

元久二(一二〇五)年三月二十八日に家長から参るように伝えられ、和歌所に参ると、竟宴の歌がもたらされたので、定家はそれを書き記し、さらに勅撰和歌集をもなおみるように命じられたので、少々みている。賀部《がのぶ》の子《ね》の日の歌や哀傷部の和泉式部《いずみしきぶ》▲の歌について奏したところ、源経信《つねのぶ》▲のよんだ子の日の歌が除かれたものの、他の二首は除かれずにならんでいれられたという。

翌日、良経の手になる仮名の序の草稿ができあがってきて、これをみた慈円と定家は、「この御文章、真実、不可思議、比類無き者也」とその出来栄えに感嘆し、すぐに上皇に進覧するように勧めている。この仮名序は、次のようなこなれた和文で、真名序をなおしたような体裁をとっている。

　やまとうたは、昔あめつち開けはじめて、人のしわざいまだ定まらざりし時、葦原中国《あしはらのなかつくに》の言の葉として、稲田姫素鵞《いなだひめすさのお》の里よりぞつたはりける。し

▼**和泉式部**　生没年未詳。摂関時代の歌人。歌の才を発揮して、家集に『和泉式部集』がある。「あらざらむこの世のほかの思ひ出に今ひとたびの逢ふこともがな」。

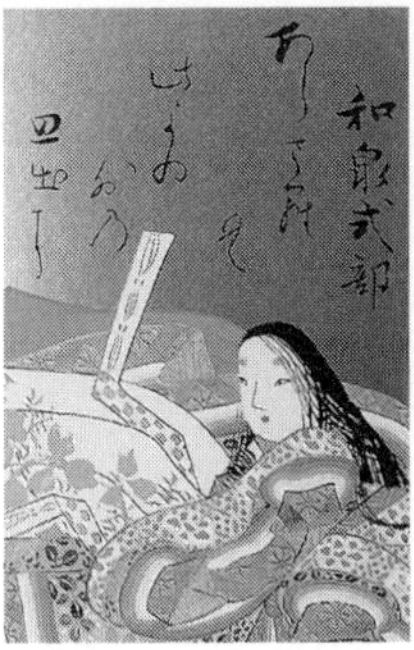

和泉式部(『光琳カルタ百人一首』)

▼**源経信**　一〇一六〜九七。平安時代の政治家・歌人。学問や芸能に優れ、大宰府《だざいふ》に赴任中に死去。「夕されば門田の稲葉《いなば》おとづれて蘆《あし》のまろやに秋風ぞ吹く」。

かありしよりこのかた、その道さかりに興り、その流れいまに絶ゆることなくして、色にふけり、心をのぶるなかだちとし、世をおさめ、民をやはらぐる道とせり。

二つを比較すると、内容に大きな違いはなく、「是《こ》れ理世撫民《りせいぶみん》の鴻徽《こうき》、賞心《しょうしん》楽事《らくじ》の亀鑑《きかん》なる者なり」とある真名序が、「世をおさめ、民をやはらぐる道とせり」とあるように、わかりやすく記されているのがわかる。

三月二十九日、定家が終日、良経の御前《ごぜん》にいたところ、その夕べに家長が『新古今和歌集』を持参し、これをみて紕繆《ひびゅう》などをなおすようにという院宣《いんぜん》を伝えた。上皇は積極的に意見を求め、歌の出し入れを行っていたのである。たとえば四月十五日に定家が参院すると、良経の申し出によって、定家の歌が三首だされ、四首がはいることになったと記し、今度の歌は皆、望むところであると、定家は喜んでいる。

閏《うるう》七月二十五日にも、定家は『新古今和歌集』の俊恵《しゅんえ》▲以下の作者の歌を書きだすように命じられており、八月二日にはそれらにそって『新古今和歌集』から歌の数十首が切りだされ、かわりにはいるべき歌などがくだされ、切り入れする

▼**俊恵**　一一一三〜?。平安末期の歌人。源俊頼の子。歌林苑《かりんえん》を主催し、鴨長明《かものちょうめい》らを指導。「よもすがら物思ふころはあけやらねねやのひまさへつれなかりけり」。

ように命じられている。おそらく定家はこれを機会に気にくわない歌を多く切りだすことを考え、申告したのであろう。

上皇は竟宴に出席しなかった定家と、仮名序を記した良経の存在に随分と気をつかっていたことがわかる。しかしそのために折角『新古今和歌集』にはいったのにもかかわらず、切りだされた人びとは恨んだことであろう。なお、この三月以降にはあらたによまれた歌などもはいっている。

こうして完成をみた『新古今和歌集』の作者別の歌数は、上皇の三五首より多いのが、西行・慈円・良経・俊成・式子《しきし》・定家・家隆・寂蓮《じゃくれん》で、いずれも上皇に影響をあたえた歌人たちである。上皇の和歌の師である俊成は慈円より少ないのだが、『千載《せんざい》和歌集』とあわせれば俊成のほうが多く、西行がその俊成よりも多いのも、上皇の西行への傾倒がよくうかがえる。

⑨──『新古今和歌集』から『百人一首』まで

幕府への影響

『新古今《しんこきん》和歌集』は、その年の九月二日に鎌倉《かまくら》にもたらされ、鎌倉の文化世界にすぐに影響をあたえた。和歌を好み、父頼朝《よりとも》の歌が入集しているということを聞いた将軍実朝《さねとも》が、ぜひともみたいということから、実朝の御台所《みだいどころ》の侍が和歌の教えを定家に受けていた関係を通じて、定家に書き進めるように依頼していたものである。時間がかかったのは、平賀朝雅《ひらがともまさ》や畠山重忠《はたけやましげただ》▲らの事件▲が起き、遅れてしまったためという。

建永《けんえい》元(一二〇六)年から和歌をよむようになっていた実朝は、ついで承元《しょうげん》三(一二〇九)年七月五日に、よんだ二〇首の歌を摂津《せっつ》の住吉社《すみよししゃ》にささげるために使者を派遣し、そのついでに、初学以来、よんできた歌三〇首を撰び、定家にみてほしい、と依頼している。

その一カ月後の八月十三日、送っていた歌に合点が加えられ、定家の著わした「詠歌口伝《えいかくでん》」一巻がそえられて鎌倉に到来している。それは和歌の六義《りくぎ》の体に

▼**平賀朝雅の乱**　京都守護《しゅご》として上洛した源氏《げんじ》の武将平賀朝雅は後鳥羽上皇に仕えていたが、北条時政の後妻牧《まき》の方《かた》が朝雅を将軍に立てようとした事件。

▼**畠山重忠**　一一六四〜一二〇五。鎌倉幕府の武将。武蔵秩父《むさしちちぶ》氏の畠山氏の流れにあって、幕府の発展につくしたが、北条氏により武蔵二俣川《ふたまたがわ》で討たれた。

ついて内々にたずねたことに答えたものであったという。

この承元三年に定家から実朝に送られてきた「詠歌口伝」が、今に伝えられる『近代秀歌《きんだいしゅうか》』である。この書は「和哥秘々《わかひひ》」という内題があり、和歌の歴史や本質・技法などを簡明に論じるとともに、「近代」の六人の歌人（源経信《みなもとのつねのぶ》・源俊《とし》頼《より》▲・藤原顕輔《あきすけ》・藤原清輔《きよすけ》・藤原基俊《もととし》▲・藤原俊成《しゅんぜい》）の秀歌をあげている。

一方、上皇《じょうこう》の関心は、『新古今和歌集』の一応の完成後には他の分野へと広がっていったのだが、『新古今和歌集』をそのままに放置せず、多くの歌の出し入れをするなどし、それは承元四（一二一〇）年ごろまで続けられたのであった。その間の元久《げんきゅう》二（一二〇五）年に着工されはじめ、承元元（一二〇七）年に完成をみた最勝四天王院《さいしょうしてんのういん》の障子絵《しょうじえ》を作成するにあたって、上皇は定家を召して障子絵の選定にあたらせ、和歌をよむように命じた。

この寺院は、三条白川《さんじょうしらかわ》にある慈円《じえん》の坊舎《ぼうしゃ》の敷地に建立《こんりゅう》されたもので、護国《ごこく》の経典である『金光明最勝王経《こんこうみょうさいしょうおうきょう》』にちなむ寺として、国土擁護、人民安楽を願うのを目的としていた。その障子絵には東南三間に大和国《やまとのくに》の名所、南面に難波《なにわ》以下摂津の名所、東方端方の楽所《がくしょ》に陸奥《むつ》の名所、常《つね》の御所《ごしょ》に山城国《やましろ》の名所、寝《しん》

▼**源俊頼**　一〇五五～一一二九。院政時代の歌人。経信《つねのぶ》の子。和歌をはじめ、管弦・猿楽《さるがく》に堪能な貴《き》族《ぞく》として活躍した。歌学書《かがくしょ》に『俊頼髄脳《ずいのう》』、家集に『散木奇歌集《さんぼくきかしゅう》』がある。「憂《う》かりける人をはつせの山おろしよ　はげしかれとは祈らぬものを」。

▼**藤原基俊**　一〇六〇～一一四二。院政時代の歌人。俊成の歌の師。「契《ちぎ》りおきしさせもが露《つゆ》を命《いのち》にて　あはれ今年の秋もいぬめり」。

▼**土御門天皇**　一一九五〜一二三一。後鳥羽上皇の皇子。上皇の院政のもとで、とくにめだたないなか、弟の順徳に位を譲り、承久の乱では土佐《とさ》に流された。

土御門院（「天子摂関御影」）

所《じょ》に鳥羽《とば》・伏見《ふしみ》、西障子内に水無瀬《みなせ》・片野《かたの》、前面に播磨《はりま》国、御棚《おたな》に飾磨市《しかまいち》など日本列島各地の名所を選び、絵師に描かせ、それにかかわる和歌がよまれた。

その年に土御門《つちみかど》天皇▲から順徳《じゅんとく》天皇へと代替りがあって、翌年の建暦《けんりゃく》元（一二一一）年に新制を定めるなど、上皇はあらたな政治に向かって進むようになっており、幕府《ばくふ》の政治や文化に大きな影響をあたえた。

定家のその後

定家は建永元（一二〇六）年に仕えていた良経《よしつね》を失い、さらに承元元（一二〇七）年には兼実《かねざね》を失うなど、頼りとしていた主人をつぎつぎと失うなか、やがて中将《ちゅうじょう》の任も解かれたが、それに応じて三位《さんみ》の公卿《くぎょう》となったことから、子の為《ため》家《いえ》や娘の教育に心をくだいて、次の時代をめざすことになった。

このことをものがたるのが次の建暦元（一二一一）年十一月、十二月の記事で、『明月記《めいげつき》』が断続的に仮名《かな》で記されるようになる。

十六日　天晴《てんはれ》、少将大略復例、仍令出居忠弘宅《ただひろのたくに》、不可令穢、今日彼院御葬送云々、無重催、戸部《こぶ》被来談、光家《みついえ》来、参内、番《ばん》云々、

よる左大臣殿《さだいじん》へまいる、ちかすけまいりて、しん上ゐととまるへきよし申す、いてあはせ給、中もんのらうのつまとのきわにゐて、のそきいれて申す、さていてぬ、

「少将」為家や光家の動静を記したあと、この日から十一月いっぱい、十二月も四日からまた仮名書きとなり、以後、断続的に仮名で記されている。

十二月二十七日、てんはれたり、少将うちよりいでて、又やがてまいりて、火ともしてのちかへりたり、いうはんりしきたり、

二十八日、天晴、出仕事《しゅっしのこと》、重触清範、越内侍《えつないし》等、内侍返事不詳、近代之儀不足言、

二十九日になると、娘の民部卿《みんぶきょう》がやってきていることから、おそらく後鳥羽《ごとば》院《いん》に女房として出仕していた娘に対し、手本を示して仮名の日記をつけるようながしたのであろう。

建暦三(一二一三)年八月十七日には、将軍実朝の質問に答えた双紙「和歌文書」などを実朝によせている。そして建保《けんぽ》二(一二一四)年二月についに念願の参《さん》議《ぎ》に任じられたことから、政治家としての充実の日々を送ることになったのだ

が、残念ながらこの参議時代の日記は残されていない。『朝議諸次第《ちょうぎしょしだい》』など多くの次第書はこの時期に制作されている。そうした自信をもつにいたって、建保四(一二一六)年には家集『拾遺愚草《しゅういぐそう》』をまとめている。

また、さきに実朝に贈った本を改編したのが自筆本『近代秀歌』であるが、これは、さきの本と比べて歌論部分に大きな違いはないものの、秀歌の例は近代の六歌人のみならず大幅にふえて、全部で八三首におよんでいる。

その序には、「ある人の、歌はいかやうによむべきものぞととはれて侍りしかば、愚かなる心にまかせて、わづかにおもひえたることをかきつけ侍りし」とあるので、「ある人」からの依頼によって記されたものとわかるが、その依頼者とは宇都宮頼綱《うつのみやよりつな》▲入道《にゅうどう》であったろう。

関東の御家人《ごけにん》の頼綱は、北条時政《ほうじょうときまさ》の娘を妻とした有力御家人であった。しかし『新古今和歌集』の編まれた元久二(一二〇五)年の八月に謀叛《むほん》を疑われ、一族をつれ鎌倉に参って容疑をはらそうとしたが果たせずに出家し、切った髻《もとどり》を献じて幕府への忠節を誓った。

こののち、上洛《じょうらく》をとげ、在京の有力御家人として活動し、和歌を定家に学ぶ

▼**宇都宮頼綱**　一一七八頃〜一二五九。鎌倉前期の武士。成綱《なりつな》の子、謀叛を疑われて出家して蓮性《れんしょう》と称し、上洛して政治や文化に広くかかわった。

ようになったらしく、やがて定家の子為家《ためいえ》を婿に迎えることになる。

定家はこの婚姻について、幕府の要人との婚姻により出世した周囲の貴族たちにみならったものであり、為家の婚姻を考え、頼綱の娘を為家に配したところ、それが功を奏して為家は蔵人頭《くろうどのとう》になったのだ、と『明月記』に親馬鹿《おやばか》を自嘲しながら記している。こうした事情からしても、『近代秀歌』をあらたに依頼したのは頼綱であった可能性がもっとも高い。

二つの百人和歌

上皇は、実朝が殺害されたのをみて挙兵した承久《じょうきゅう》の乱《らん》に大敗したことから、幕府によって隠岐《おき》に配流《はいる》されてしまったが、その隠岐でも『新古今和歌集』の歌の出し入れをして、ついには隠岐本『新古今和歌集』(扉写真参照)を編んだが、同時に歌合形式の歌集『時代不同歌合《じだいふどううたあわせ》』をも編んでいる。

後者は定家が選ぶことになる『百人一首』と同じように一〇〇人の歌人を選んでいて、上皇の場合は各歌人の歌を三首ずつ選び、計三〇〇首、一五〇番からなっている。両者に共通する歌人は六六人で、そのうち歌が共通するのは三九

「三代御影」 俊成，定家，為家の３代を一幅に描いている。俊成を中心にその右方に定家，反対の左方の後姿が為家。

藤原家隆

殷富門院大輔

寂蓮法師

『光琳カルタ百人一首』（尾形光琳筆）

首である。

二つの企画が『新古今和歌集』の流れのなかから生まれてきたことは明らかであろう。一〇〇という数字は、藤原公任《きんとう》▲が選んだ私撰集『三十六人撰』の三六のほぼ三倍にあたるが、この歌集は十一世紀初めのころに、『万葉集《まんようしゅう》』の時代から平安時代中期までの歌人三六人の秀歌を集め歌合形式としたものである。

これらの二つの関係をさかのぼってゆくと、最勝四天王院の障子絵にまでたどりつく。その例を踏まえて宇都宮頼綱は、寛喜《かんぎ》元（一二二九）年八月にみずからの堂の障子に大和国の名所一〇カ所を描き、定家と家隆《いえたか》に和歌を依頼してその色紙形を押す企画を立てた。

そこで定家はこれに応じて五首を書き送っている。葛木山《かつらぎさん》、久米磐橋《くめのいわはし》、多武《とうの》峯《みね》、布瑠社《ふるしゃ》、夏瀬山《なつせやま》で、一方、家隆が担当したのは吉野山《よしのやま》、二上山《にじょうさん》、三輪山《みわやま》、龍田山《たつたやま》、春日山《かすがやま》であって、家隆に秀歌が多く、能筆の藤原行能《ゆきよし》▲が字を書いた、と記している。

この企画の延長上で行われたのが、頼綱の嵯峨中院《さがちゅういん》の障子色紙形に古来の歌人から各一首ずつを記す企画『小倉《おぐら》百人一首』である。嘉禎《かてい》元（一二三五）年五

▼藤原公任　九六六～一〇四一。摂関《せっかん》時代の政治家・歌人。関白頼《かんぱくより》忠《ただ》の子。多彩な才能に優れ、私撰和歌集の『拾遺抄《しゅういしょう》』を編み、歌学書『新撰髄脳』のほか、『和漢朗詠《わかんろうえい》集《しゅう》』『北山抄《ほくざんしょう》』などの著作もある。「滝の音《ね》は絶えて久しくなりぬれど　名こそ流れてなほ聞えけれ」。

▼藤原行能　一一七九～一二五五。鎌倉前期の書家。能書の家である世尊寺《せそんじ》家を伊経《これつね》から継承し、書の家を確立した。

▼天智天皇　六二六〜六七一。舒明《じょめい》天皇の皇子。大化《たいか》の改新《かいしん》の改革政治を行い、中央集権国家形成につとめた。「秋の田のかりほの庵《いお》の苫《とま》をあらみ　わが衣手《ころもて》は露《つゆ》に濡《ぬ》れつつ」。

天智天皇(『光琳カルタ百人一首』)

月二十七日に、定家は天智《てんじ》天皇▲から家隆・雅経《まさつね》にいたるまでの歌を色紙形に書くように頼綱に依頼されているが、書くだけでなく歌の選定にもあたったのであろう。これよりさきの五月一日に定家は中院に招かれて連歌会を行っており、このころから歌の選定を依頼されたとみられる。

　こうして百人一首の原型が生まれた。『百人秀歌』がそれに近いもので、一〇一首をおさめており、『百人一首』とは九八人まで歌人を同じくしている。これがやがて今にみる形での『百人一首』へと成長していったのであろう。

　他方で、上皇は隠岐にあって『時代不同歌合』を選ぶなか、その番《つが》った二人の歌仙《かせん》の肖像とそのよんだ歌を描かせている。このように『時代不同歌合』は歌合の形式をとったが、『百人一首』はどうであろうか。

　定家は建保四(一二一六)年に一〇〇番、二〇〇首からなる『定家卿百番歌合』を編んでいることからすれば、『百人一首』にも五〇番、一〇〇首からなる歌合が構想されていたのかもしれない。

　さて新古今時代という和歌の時代は、後鳥羽《ごとば》上皇が『新古今和歌集』を編むにいたる時期を前半とすれば、『新古今和歌集』が編まれてから『百人一首』『時代不同歌合』が生まれるまでが後半であったといえよう。

上皇と定家とは承久の乱後に、隠岐と京とに分かれても、たえず相手を意識し、拮抗してすごしたのであった。

なお、その形成過程からみて、『百人一首』には、秀歌撰を母体として生まれてきたことからくる、秀歌撰としての性格が第一に認められる。和歌所での『新古今和歌集』の撰集の作業を通じて、しかるべき歌人の秀歌を撰んだり、勅撰和歌集から秀逸な歌を撰んだりしてきていた。『百人一首』成立の直前に定家は『新勅撰《しんちょくせん》和歌集』▲を撰んでいて、そうした撰集の作業の延長に生まれたのである。

第二に定家の撰別からくる、定家の歌論的《かろんてき》性格である。父俊成の歌については、俊成が自讃歌としていた「夕されば野辺の秋風」の歌をとらずに、「世の中よみちこそなけれ」をとっている。全編にわたって定家の目からみてとったのである。そしてみずからの歌については次の歌を撰んでいる。

こぬ人をまつほの浦の夕なぎに　やくやもしほの身もこがれつつ

▼**『新勅撰和歌集』**　貞永《じょうえい》元（一二三二）年の後堀河《ごほりかわ》天皇の命により定家が撰者になって編まれた九番目の勅撰和歌集。後鳥羽上皇の歌をいれないなど定家には心残りの多い撰集となった。

藤原定家（『光琳カルタ百人一首』）

▼**清少納言**　生没年未詳。摂関《せっかん》時代の女房・歌人。歌人清原元輔《きよはらのもとすけ》の娘、仕えた一条《いちじょう》天皇中宮定子《ちゅうぐうていし》の命により『枕草子』を著わした。「夜《よ》をこめて鳥のそら音《ね》ははかるとも　よに逢坂《おうさか》の関はゆるさじ」。

清少納言(『光琳カルタ百人一首』)

芸術家とは

定家は生涯、古典への情熱を持ち続け、和歌をよむことに心をくだき、芸術家としての魂を発揮して、新古今《しんこきん》時代という和歌の黄金時代を切り開いた。『明月記《めいげつき》』はその定家の日記である。

安貞《あんてい》二(一二二八)年には清少納言《せいしょうなごん》▲の『枕草子《まくらのそうし》』を書写して娘にあたえ、寛喜《かんぎ》三(一二三一)年八月七日には「徒然《つれづれ》のあまり一昨日から『伊勢《いせ》物語』を写し始め、この日書き終える。其の字、鬼の如し」と記すなど、生涯、古典を大事にした。現存記事は嘉禎《かてい》元(一二三五)年、七四歳で終るが、なくなるその日まで書き続けたことであろう。

芸術家とは、もちろん優秀な作品を残し、特異な才能と強烈な自負心をもつ存在であるが、さらにそれを評価し支持する審美眼《しんびがん》の肥えたパトロンの存在も欠かせないのであり、それとの刺激的な関わり合いから、あらたな理論や作品が生まれ、後世に多大な影響をあたえたのである。

それらをすべて満たしたのが定家であったのだが、その意味で日本においてこれに続くのは世阿弥《ぜあみ》であろう。それもそのパトロンの足利義満《あしかがよしみつ》あってこそのことであった。

写真所蔵・提供者一覧（敬称略・五十音順）

大石天狗堂　p. 10, 12, 29, 34, 41, 45, 74, 81, 90下右・中・左, 92, 93, 94

宮内庁三の丸尚蔵館　p. 5, 7, 14, 19上右・左, 39, 71下, 86

公益財団法人冷泉家時雨亭文庫　カバー表・裏, 扉, p. 71上, 90上

公益財団法人永青文庫　p. 19下

天理大学附属天理図書館　p. 4

東京国立博物館・Image：TNM Image Archives　p. 64下

三井記念美術館　p. 64上

参考文献

〔本文と注釈〕
田中裕・赤瀬信吾編『新古今和歌集』(新日本古典文学大系11)岩波書店, 1992年
久保田淳『新古今和歌集全注釈』角川学芸出版, 2012年
山本一校注『後鳥羽院御口伝』(歌論歌学集成７)三弥井書店, 2006年
藤田一章校注『源家長日記』(中世日記紀行及文学全評釈集成)勉誠出版, 2004年
冷泉家時雨亭文庫編『明月記　１～５巻』(冷泉家時雨亭叢書)朝日新聞社, 1993～2003年
稲村英一『訓注　明月記』松江今井書店, 2002年
明月記研究会編『明月記研究提要』八木書店, 2006年
三井記念美術館・明月記研究会編『国宝熊野御幸記』八木書店, 2009年

〔研究文献〕
石田吉貞『藤原定家の研究』文雅堂, 1957年(1969年改訂版, 1975年改訂再版)
久保田淳『新古今歌人の研究』東京大学出版会, 1973年
久保田淳『藤原定家とその時代』岩波書店, 1994年
久保田淳『藤原定家』(久保田淳著作撰集１)岩波書店, 2004年
五味文彦『藤原定家の時代』岩波書店, 1991年
五味文彦『明月記の史料学』青史出版, 2000年
五味文彦『後白河院』山川出版社, 2011年
五味文彦『西行と清盛』新潮社, 2011年
五味文彦『後鳥羽上皇』角川学芸出版, 2012年
佐藤恒雄『藤原定家研究』風間書房, 2001年
田渕句美子『新古今集—後鳥羽院と定家の時代』角川学芸出版, 2010年
辻彦三郎『藤原定家明月記の研究』吉川弘文館, 1977年

藤原定家とその時代

西暦	年号	齢	お も な 事 項
1162	応保2	1	出生
1166	仁安元	5	従五位下
1175	安元元	14	侍従になる(俊成の右京大夫辞任にともなう)
1179	治承3	18	昇殿
1180	4	19	従五位上，侍従。残存『明月記』記事の始まり
1181	養和元	20	『養和百首』
1182	寿永元	21	『堀河院題百首』
1183	2	22	正五位下，後鳥羽天皇内裏に昇殿
1185	文治元	24	除籍。鎌倉幕府の成立
1186	2	25	再昇殿，九条家に仕える
1189	5	28	『宮河歌合』に判。近衛少将に転任
1190	建久元	29	後鳥羽天皇元服，従四位下，左近衛少将。頼朝上洛
1192	3	31	後白河法皇死去。頼朝，征夷大将軍
1193	4	32	『六百番歌合』
1195	6	34	従四位上。大仏殿供養。頼朝上洛
1196	7	35	兼実，関白辞任
1198	9	37	後鳥羽院政
1199	正治元	38	頼朝死去
1200	2	39	『正治百首』。定家昇殿，正四位下
1201	建仁元	40	和歌所設置，定家寄人。熊野御幸。勅撰和歌集選者
1202	2	41	寂蓮・源通親死去。九条良経摂政。定家，左近衛中将に転任
1203	3	42	実朝，征夷大将軍。「俊成九十歳賀屏風」
1204	元久元	43	俊成，死去
1205	2	44	『新古今和歌集』，『元久詩歌合』
1206	建永元	45	九条良経死去
1207	承元元	46	九条兼実死去
1210	4	49	左近衛中将を去り，内蔵頭。順徳天皇即位
1211	建暦元	50	従三位，侍従
1214	建保2	53	参議，侍従
1216	4	55	治部卿を兼任，正三位。『拾遺愚草』
1218	6	57	民部卿を兼任
1219	承久元	58	実朝暗殺される
1221	3	60	承久の乱
1227	安貞元	66	正二位，民部卿
1232	貞永元	71	権中納言に転任し，やがて辞任。『新勅撰和歌集』
1233	天福元	72	出家(法名明静)
1235	嘉禎元	74	『小倉百人一首』
1239	延応元	78	後鳥羽上皇，隠岐で死去
1241	仁治2	80	死去

五味文彦(ごみ ふみひこ)
1946年生まれ
東京大学大学院人文科学研究科博士課程中退
専攻，日本中世史
現在，放送大学名誉教授，東京大学名誉教授
主要著書
『書物の中世史』(みすず書房2003)
『後白河院—王の歌』(山川出版社2011)
『西行と清盛—時代を拓いた二人』(新潮社2011)
『後鳥羽上皇—新古今集はなにを語るか』(角川書店2012)
『鴨長明伝』(山川出版社2013)

日本史リブレット人 030
藤原定家《ふじわらのさだいえ》
芸術家の誕生

2014年2月25日　1版1刷　発行
2023年11月30日　1版3刷　発行

著者：五味文彦《ごみふみひこ》

発行者：野澤武史

発行所：株式会社 山川出版社

〒101－0047　東京都千代田区内神田1－13－13
電話 03(3293)8131(営業)
03(3293)8135(編集)
https://www.yamakawa.co.jp/

印刷所：明和印刷株式会社

製本所：株式会社 ブロケード

装幀：菊地信義

ISBN 978-4-634-54830-5

日本史リブレット 人

1 卑弥呼と台与 —— 仁藤敦史
2 倭の五王 —— 森　公章
3 蘇我大臣家 —— 佐藤長門
4 聖徳太子 —— 大平　聡
5 天智天皇 —— 須原祥二
6 天武天皇と持統天皇 —— 義江明子
7 聖武天皇 —— 寺崎保広
8 行基 —— 鈴木景二
9 藤原不比等 —— 坂上康俊
10 大伴家持 —— 鐘江宏之
11 桓武天皇 —— 西本昌弘
12 空海 —— 曾根正人
13 円仁と円珍 —— 平野卓治
14 菅原道真 —— 大隅清陽
15 藤原良房 —— 今　正秀
16 宇多天皇と醍醐天皇 —— 川尻秋生
17 平将門と藤原純友 —— 下向井龍彦
18 源信と空也 —— 新川登亀男
19 藤原道長 —— 大津　透
20 清少納言と紫式部 —— 丸山裕美子
21 後三条天皇 —— 美川　圭
22 源義家 —— 野口　実
23 奥州藤原三代 —— 斉藤利男
24 後白河上皇 —— 遠藤基郎
25 平清盛 —— 上杉和彦
26 源頼朝 —— 高橋典幸
27 重源と栄西 —— 久野修義
28 法然 —— 平　雅行
29 北条時政と北条政子 —— 関　幸彦
30 藤原定家 —— 五味文彦
31 後鳥羽上皇 —— 杉橋隆夫
32 北条泰時 —— 三田武繁
33 日蓮と一遍 —— 佐々木馨
34 北条時宗と安達泰盛 —— 福島金治
35 北条高時と金沢貞顕 —— 永井　晋
36 足利尊氏と足利直義 —— 山家浩樹
37 後醍醐天皇 —— 本郷和人
38 北畠親房と今川了俊 —— 近藤成一
39 足利義満 —— 伊藤喜良
40 足利義政と日野富子 —— 田端泰子
41 蓮如 —— 神田千里
42 北条早雲 —— 池上裕子
43 武田信玄と毛利元就 —— 鴨川達夫
44 フランシスコ＝ザビエル —— 浅見雅一
45 織田信長 —— 藤田達生
46 徳川家康 —— 藤井讓治
47 後水尾院と東福門院 —— 山口和夫
48 徳川光圀 —— 鈴木暎一
49 徳川綱吉 —— 福田千鶴
50 渋川春海 —— 林　淳
51 徳川吉宗 —— 大石　学
52 田沼意次 —— 深谷克己
53 遠山景元 —— 藤田　覚
54 酒井抱一 —— 玉蟲敏子
55 葛飾北斎 —— 大久保純一
56 塙保己一 —— 高埜利彦
57 伊能忠敬 —— 星埜由尚
58 近藤重蔵と近藤富蔵 —— 谷本晃久
59 二宮尊徳 —— 舟橋明宏
60 平田篤胤と佐藤信淵 —— 小野　将
61 大原幽学と飯岡助五郎 —— 高橋　敏
62 ケンペルとシーボルト —— 松井洋子
63 小林一茶 —— 青木美智男
64 鶴屋南北 —— 諏訪春雄
65 中山みき —— 小澤　浩
66 勝小吉と勝海舟 —— 大口勇次郎
67 坂本龍馬 —— 井上　勲
68 土方歳三と榎本武揚 —— 宮地正人
69 徳川慶喜 —— 松尾正人
70 木戸孝允 —— 一坂太郎
71 西郷隆盛 —— 德永和喜
72 大久保利通 —— 佐々木克
73 明治天皇と昭憲皇太后 —— 佐々木隆
74 岩倉具視 —— 坂本一登
75 後藤象二郎 —— 村瀬信一
76 福澤諭吉と大隈重信 —— 池田勇太
77 伊藤博文と山県有朋 —— 西川　誠
78 井上馨 —— 神山恒雄
79 河野広中と田中正造 —— 田崎公司
80 尚泰 —— 川畑　恵
81 森有礼と内村鑑三 —— 狐塚裕子
82 重野安繹と久米邦武 —— 松沢裕作
83 徳富蘇峰 —— 中野目徹
84 岡倉天心と大川周明 —— 塩出浩之
85 渋沢栄一 —— 井上　潤
86 三野村利左衛門と益田孝 —— 森田貴子
87 ボワソナード —— 池田眞朗
88 島地黙雷 —— 山口輝臣
89 児玉源太郎 —— 大澤博明
90 西園寺公望 —— 永井　和
91 桂太郎と森鷗外 —— 荒木康彦
92 高峰譲吉と豊田佐吉 —— 鈴木　淳
93 平塚らいてう —— 差波亜紀子
94 原敬 —— 季武嘉也
95 美濃部達吉と吉野作造 —— 古川江里子
96 斎藤実 —— 小林和幸
97 田中義一 —— 加藤陽子
98 松岡洋右 —— 田浦雅徳
99 溥儀 —— 塚瀬　進
100 東条英機 —— 古川隆久

〈白ヌキ数字は既刊〉